www.ingramcontent.com/pod-product-compliance
Lightning Source LLC
LaVergne TN
LVHW010615070526
838199LV00063BA/5157
9789358727999

اردو ناول کا ارتقا

ڈاکٹر سید محمد یحییٰ صبا

© Dr. Syed Mohd Yahya Saba

Urdu Novel ka Irtiqaa

by: Dr. Syed Mohd Yahya Saba
Edition: May '2024
Publisher :
Taemeer Publications LLC (Michigan, USA / Hyderabad, India)

ISBN 978-93-5872-799-9

مصنف یا ناشر کی پیشگی اجازت کے بغیر اس کتاب کا کوئی بھی حصہ کسی بھی شکل میں بشمول ویب سائٹ پر اَپ لوڈنگ کے لیے استعمال نہ کیا جائے۔ نیز اس کتاب پر کسی بھی قسم کے تنازع کو نمٹانے کا اختیار صرف حیدرآباد (تلنگانہ) کی عدلیہ کو ہو گا۔

© ڈاکٹر سید محمد یحییٰ صبا

کتاب	:	**اردو ناول کا ارتقا**
مصنف	:	**ڈاکٹر سید محمد یحییٰ صبا** لیکچرار شعبۂ اردو، کروڑی مل کالج، دہلی یونیورسٹی، دہلی
مصنف ای-میل	:	yahyasb@yahoo.com
پروف ریڈنگ / تدوین	:	اعجاز عبید
صنف	:	تحقیق و تنقید
ناشر	:	تعمیر پبلی کیشنز (حیدرآباد، انڈیا)
صفحات	:	۶۴
سرورق ڈیزائن	:	تعمیر ویب ڈیزائن

اردو ادب ہر دور میں نشیب و فراز سے گذرتا رہا ہے۔ لیکن ہر دور میں شاعروں اور دیبوں نے اس کے لیے نت نئی راہیں ہموار کی ہیں۔ شاعروں اور ادیبوں نے اپنی ان تھک کاوشوں سے اردو ادب کو مختلف اصناف سے آراستہ کیا۔ اردو ادب میں ناول کی صنف بھی ان ہی کاوشوں کا نتیجہ ہے۔ ناول اطالوی زبان کے لفظ Novella سے نکلا ہے۔ مختلف ناقدین نے ناول کی تعریف مختلف انداز میں کی ہے۔

رابن سن کروسو کے غیر فانی مصنف ڈینیل ڈونو نے اس فن کی بنیاد ڈالتے ہوئے دو چیزوں کا خاص طور سے لحاظ کیا ہے۔ ایک تو یہ کہ قصیدہ گو کو حقیقت نگار ہو گا ہونا چاہئے۔ دوسرا یہ کہ اس سے کوئی نہ کوئی اخلاقی سبق دینا چاہیے۔ اس لیے کہ اگر قصہ حقیقت پر مبنی نہ ہو گا تو جھوٹا ہو گا۔ اور اپنی تصنیف کے ذریعے مصنف جھوٹ بولنے کا عادی ہو جائے گا۔ وہ کہتا ہے کہ:

"قصہ بنا کر پیش کرنا بہت ہی بڑا جرم ہے۔ یہ اس طرح کی دروغ پر مبنی ہے۔ جو دل میں ایک بہت بڑا سوراخ کر دیتی ہے جس کے ذریعے جھوٹ آہستہ آہستہ داخل ہو کر ایک عادت کی صورت اختیار کرلیتا ہے۔"

فیلڈنگ جو انگریزی ناول کے عناصر اربعہ میں سے ہیں اس فن کی تعریف میں یوں رقم طراز ہیں۔

"ناول نثر میں ایک طربیہ کہانی ہے۔"

یعنی اس کے نزدیک المیہ کہانی ہول کے موضوع سے باہر ہے وہ اس طرح رچرڈسن کے اس نقط نظر کو رد کرتا ہے کہ کہانی کی غرض نیکی اور اخلاق کا سدھارنا ہے۔ فیلڈنگ اسے ہنسنے اور ہنسانے کا ذریعہ سمجھتا ہے اس لیے وہ اس میں طربیہ کی شرط لگا دیتا ہے۔ ظاہر ہے کہ یہ تعریف بھی نامکمل ہے۔ اس کا ایک ہم عصر سمولٹ اس نئے فن کو ان الفاظ میں بیان کرتا ہے۔

"ناول ایک پھیلی ہوئی بڑی تصویر ہے جس میں ایک مقررہ پلاٹ کو واضح کرنے کے لیے زندگی کے کردار مختلف جماعتوں کے ساتھ رکھ کر مختلف پہلوؤں سے دکھائے جاتے ہیں"

یہ تعریف بھی ناکافی ہے اس لیے کہ اس میں سارا زور پلاٹ پر ہے یہ کردار کو واضح کرنے کے لیے پلاٹ نہیں بناتے ہیں بلکہ پلاٹ کو واضح کرنے کے لیے کردار۔

چنانچہ انگلستان کی ایک ادیبہ کلارا ایوز اس فن کی یوں تعریف کرتی ہیں۔

"ناول اس زمانے کی زندگی اور معاشرے کی سچی تصویر ہے جس زمانے میں وہ لکھا جائے۔"

پروفیسر بیکر نے ناول کے لیے چار شرطیں لازم کر دیں۔ قصہ ہو، نثر میں ہو، زندگی کی تصویر ہو اور اس میں رابط و یک رنگی ہو۔ یعنی یہ قصہ صرف نثر میں لکھا نہ گیا ہو بلکہ حقیقت پر مبنی ہو اور کسی خاص مقصد یا نقط نظر کو بھی پیش کرتا ہو۔

در اصل ناول وہ صنف ہے جس میں حقیقی زندگی کی گوناگوں جزئیات کو کبھی اسرار کے قالب میں کبھی تاریخ کے قالب میں کبھی رزم کے قالب میں کبھی سیاحت یا پھر نفسیات کے قالب میں ڈھالا جاتا رہا لیکن ان تمام شکلوں میں جو چیزیں مشترک تھیں وہ قصہ، پلاٹ کردار، مکالمہ، مناظر فطرت، زمان و مکاں نظریۂ حیات اور اسلوب بیان کو

خاص اہمیت حاصل ہے۔

اردو میں ناول کو ایک خاص مقام حاصل ہے۔ یہ صنف ، ادب برائے زندگی کی ترجمانی کرتی ہے۔ ناول نویس اپنی خواہش کے مطابق کوئی نئی دنیا نہیں بناتا، وہ ہماری ہی دنیا سے بحث کرتا ہے۔ جس میں دکھ ہو سکھ ہو، جنگ بھی ہو، صلح بھی ہو اور پیدائش بھی، زمیندار بھی ہو اور مزدور بھی، بادشاہ بھی ہو اور غلام بھی۔ ناول نگار صرف تخیل میں پرواز نہیں کرتا ہے۔ اس کے قصے کی بنیاد روزمرہ کی زندگی ہوتی ہے۔ بیسویں صدی میں جو ناول تخلیق ہوئے ان ناولوں کو تخلیق کرنے کے پیچھے ناول نگاروں کا کیا رجحان رہا یا کیا نظریات رہے۔ جدوجہد آزادی کا اردو ناول پہ کیا اثر رہا، ادب لطیف نے ناول کو کس طرح متاثر کیا ترقی پسند تحریک نے اردو ناول کو کس حد تک متاثر کیا، حلقہ ارباب ذوق کے تحت لکھے گئے ناول کس قسم کے ہیں، تقسیم ہند کے المیے نے اردو ناول کو کس حد تک متاثر کیا، علامت نگاری اور تجریدیت نے اردو ناول کو کس طرح اپنی لپیٹ میں لے لیا، اور جدیدیت و مابعد جدیدیت نے اردو ناول پر کون سے ان مٹ نقوش چھوڑے، ان تمام رجحانات اور نظریات کی روشنی میں ہم اردو کے ناولوں کا جائزہ لیتے ہیں۔ لیکن ان میں "بیسویں صدی کے اردو ناول میں فکری میلانات" کے عنوان سے ابھی تک کوئی بھی تحقیقی یا تنقیدی کام نہیں ہوا ہے چنانچہ بیسویں صدی کے تہذیبی، سماجی اور تاریخی پس منظر کے تناظر میں ان ناولوں کا جو کہ بیسویں صدی میں لکھے گئے جائزہ لیا جائے گا جو اس پورے عہد کی تجسیم کاری کے عمدہ نمونے ہیں اور یہ کوشش کی جائے گی کہ ان ناولوں کو وجود میں لانے کے پیچھے ناول نگاروں کی فکر کیا رہی اس کا جائزہ لینے کی کوشش کی جائے گی۔

قصہ اور کہانی کی تاریخ اتنی ہی پرانی ہے جتنی انسان کی تاریخ۔ اپنی موجودہ شکل

میں گو کہانی مغرب کی دین ہے مگر واقعہ یہ ہے کہ قصہ یا حکایت کے روپ میں یہ قدیم شاعری میں بھی موجود تھی اور عوام الناس میں مقبول بھی۔ یہ وہ سچائیاں ہیں جن کے ماننے یا نہ ماننے سے ان کی اصلیت پر کوئی فرق نہیں پڑتا۔

جس طرح بولنا، سننا سمجھنا محسوس کرنا بشر کی جبلت میں ہے اس طرح کہانی بھی انسان کی فطرت میں داخل ہے۔ زمانہ قدیم میں جب انسان جنگل اور پہاڑوں کا باسی تھا اس وقت ان کا نہ کوئی کنبہ تھا نہ قبیلہ اور نہ انہیں تہذیب، معاشرے یا سیاست سے کوئی مطلب تھا۔ دن گذرتا گیا عہد بہ عہد حضرت انسان ترقی کی منزلیں طے کرتا رہا۔ جنگلوں اور پہاڑوں سے نکل کر چند افراد خاندان اور قبیلہ کی شکل میں سماجی طور پر زندگی بسر کرنے لگے۔ اپنی ضروریات کے پیش نظر ایک دوسرے کے قریب ہونے اور ایک دوسرے کے درد و غم اور خوشی میں شریک ہونے لگے۔ انسانی زندگی کا معیار اونچا ہونے لگا سماج میں تہذیب و تمدن تعلیم و تربیت کا بھی فروغ ہوا۔ انہیں دنوں تھکے ماندے یہ انسان اپنے وقت کو آرام و راحت کے ساتھ گذارنے کے لئے موقع بہ موقع ایک ساتھ چند افراد مل بیٹھ کر مافوق الفطری عناصر پر مبنی بات چیت کرتے تھے جو کہانی کے نام سے جانے جاتے ہیں۔ جو عشقیہ اور تمثیلی رنگ لیے ہوئے مافوق الفطری عناصر پر مبنی ہوتی تھی جس کا مقصد آرام، چین، سیر و تفریح تھا مگر جب زینہ بہ زینہ انسان تہذیب یافتہ اور تعلم یافتہ ہوتا گیا تو اس کے سوچنے سمجھنے اور زندگی گذارنے کا معیار بھی بدلتا گیا ایسی صورت میں مافوق الفطری عناصر سے مبرّا خاص تمثیلی پیرائے میں کہانی اور داستانیں لکھیں جس کا مقصد انسانی زندگی کی اصلاح تھی ان کہانیوں اور داستانوں میں پند و نصیحت کا پرتو نمایاں ہوتا تھا۔ مثلاً ملا وجہی کی "سب رس" اس نوعیت کی چیز ہے۔ یہیں سے انسانی زندگی اور ادب میں رومان خاص طور سے جگہ لے لیتی ہے اور داستانی کہانی کا آغاز ہوتا

ہے۔

داستان اور کہانی کا انسانی زندگی سے چولی دامن کا رشتہ ہے جہاں انسان کہانی یا داستان لکھتا بھی ہے اور سناتا بھی ہے۔ کہانی یا داستان انسان کا وہ کارنمایاں ہے جس میں انھوں نے اپنے زندگی کو مثالی بنا کر تہذیب کی چوٹی پر پہنچایا ہے اس وقت کی داستانوں میں تخیلی تصور مافوق الفطری اور رومانی عناصر پائے جاتے ہیں۔ انہیں دنوں انسان چھوٹی چھوٹی کہانی کے بجائے فرصت کے پیش نظر بڑی بڑی داستانیں سننے سنانے اور لکھنے بھی لگے۔

اردو ادب میں باقاعدہ داستانوں کا آغاز اٹھارویں صدی کے آخر میں تحسین کی "نو طرز مرصع" سے ہوتا ہے۔ انیسویں صدی عیسوی میں تحسین کی "نو طرز مرصع" باغ و بہار اور انشاء کی "رانی کیتکی" کی داستانوں کو چھوڑ کر میر امن کی باغ و بہار "حیدر بخش حیدری "آرائش محفل" طوطا کہانی" خلیل علی خاں اشک کی "داستان امیر حمزہ" بہار علی حسینی کی "نثر بے نظیر" مظہر علی ولا اور للو لال کی "بیتال پچیسی" کاظم علی جوان اور للو لال کو کی "سنگھاسن بتیسی" جیسی داستانیں فورٹ ولیم کالج کے تحت تصنیف ہوئیں اور اس کے بعد محمد بخش مہجوری کی "نورتن" سرور کی "فسانہ عجائب" نیم چند کھتری کی "گل صنوبر" الف لیلیٰ"" "بوستان خیال" طلسم ہوش ربا" سخن دہلوی کی "سروش سخن" شیون کی "طلسم حیرت" اور الف لیلیٰ" وغیرہ جیسی مختلف چھوٹی بڑی اور درمیانی داستانیں مخطوطہ و مطبوعہ انیسویں صدی کی آخر تک لکھی ہوئی ملتی ہیں۔ جیسا کہ پہلے بھی کہا جا چکا ہے کہ اس وقت کی داستانیں منطق اور انسانی زندگی کے فلسفہ سے مبرا ان کی دل لگی اور دلچسپی کے وسائل اور اصلاح کے ذرائع فراہم کرنے پر مشتمل ہوتی تھیں ان داستانوں کی ضخامت کا انحصار داستان گویوں پر تھا۔ لوگوں کی فرصت کو مد نظر رکھتے ہوئے داستان گو

داستان لکھتے تھے۔

صنعتی انقلاب کے بعد بدلتے ہوئے حالات میں ہندوستانی تاریخ نے کروٹ لی انسان نے اپنی زندگی گذارنے کے طریقے بدلے عام لوگوں میں نئی بیداری آئی اور قدیم رسم و رواج سے انحراف کر کے مغربی طرز معاشرت کے مطابق زندگی گذاری جانے لگی۔ نئی ذہنی اور ادبی فضاء سازگار ہوئی تو جدید تقاضوں نے پرانی روایت کو مسمار کر دیا اور نئی سماجی طاقتیں اور نقطہ نگاہ نمودار ہوئے اور اس کے زیر اثر افسانوی ادب میں صداقت پر مبنی اور اصلاح کی غرض سے ناول لکھے جانے لگے۔

جب ہم اردو ناول کے ارتقائی سفر کا جائزہ اور ابتداء کے متعلق غور کرتے ہیں تو سب سے پہلی نظر نذیر احمد کے ناولوں پر پڑتی ہے۔ انھوں نے اپنے ناولوں میں بچوں اور عورتوں کی تعلیم کے ذریعہ مسلم سماج کی اصلاح کی طرف توجہ دلائی ہے۔ جنہیں کچھ نقادوں نے جدید ناول کے مطالبات کو پورا نہیں کرنے کی وجہ سے ناول کہنے سے گریز کیا ہے۔ مثلاً ان نقادوں کا کہنا ہے کہ نذیر احمد کے ناولوں کا پلاٹ موضوع اور اس کے مختلف فنی اجزاء ایسے نہیں ہیں جس میں عام انسانی زندگی کا فلسفہ موجود ہو۔ ان کے ناول محض تبلیغی اور پند و نصائح کا رنگ لئے ہوئے ہیں اور یہ سچ بھی ہے کہ انھوں نے اپنی لڑکیوں کی اصلاح کے لیے ناول لکھے تھے مگر سچ یہ ہے کہ ان کے ناولوں کے کردار میں عام انسانی زندگی کی ٹھوس حقیقتیں نمایاں ہیں۔ ان کے ناولوں کے کردار عام انسانی زندگی سے ملتے جلتے نظر آتے ہیں اس طرح انھوں نے اپنے ناول نگاری کے ذریعہ نئے اسلوب اور فن کی ایک نئی روش قائم کی ہے یہ اور بات ہے کہ مغرب کے مفہوم کے مطابق ان کے ناول، ناول کے فن پر کھرے نہیں اترتے مگر یہ حقیقت ہے کہ ناول کی داغ بیل انھوں نے "مرات العروس" "بنات النعش" "توبۃ النصوح" "ابن الوقت" "فسانہ مبتلا" وغیرہ

ناول لکھ کر ڈالی ہے جو ناول کا خشت اول ہے۔

نذیر احمد نے سب سے پہلے 1869ء میں اپنا ناول "مرات العروس" لکھا اس کے بعد انھوں نے ناول اور اصلاح معاشرت میں چولی دامن کا رشتہ قائم کیا۔ اس میں ان کی منطقی فکر اور اصلاحی اور تبلیغی مزاج کو خاصہ دخل ہے۔ دھیرے دھیرے زندگی اور فن کا رشتہ وسیع ہوتا رہا اور اسی درمیان مقصد اور فنی احساس کے مابین توازن بھی قائم ہوا جس نے نذیر احمد کے "فسانہ مبتلا" تک پہنچتے پہنچتے ایسی شکل اختیار کر لی جہاں واعظ اور فنکار یکساں نظر آنے لگے۔

نذیر احمد کے ہم عصر سرشار اردو کے دوسرے ناول نگار ہیں۔ ان کے ناولوں میں اس عہد کے لکھنؤ کے معاشرت کی تصویر کشی کثرت سے ملتی ہے۔ جنہوں نے انسانی زندگی کے پھیلاؤ اور ان کی گہرائیوں پر روشنی ڈالی اور اردو ناول کو اس ابتدائی دور میں ایک ایسی روایت سے آشنا کرایا جو فنی لوازمات سے پر ہے۔ انھوں نے لکھنوی معاشرت کو اپنا موضوع بنا کر وہاں کے لوگوں کی اجتماعی زندگی کی اس طرح عکاسی کی کہ سب کو اپنی اصلی شکل نظر آنے لگی۔ سرشار نے پوری طرح لکھنؤ کا مشاہدہ کیا تھا۔ یہی وجہ ہے کہ ان کے ناول "فسانہ آزاد" میں ایک خاص عہد کا لکھنؤ نمایاں ہے۔

فسانہ آزاد کے ذریعہ موضوع سے پوری واقفیت مشاہدے کی گہرائی زندگی کی وسعت اور گہرائی کا احساس اور ایک مخصوص معاشرے کی تہذیب و تمدن اور رسم و رواج کا علم ہوتا ہے۔ اس کے علاوہ سرشار نے داستان کی چھوڑی ہوئی روایت کے راستے پر چل کر ہمیں کئی ایسے کرداروں سے آشنا کرایا ہے جو ایک مخصوص مزاج کے مالک خاص طبعیت کے حامل اور مثالی ہیں۔ مثلاً خوجی کا کردار یہ کردار ناول نگاری کے فن کی روایت کا ایک ناقابل فراموش عنصر ہے۔ یہ کردار مستقبل کے ناول نگاروں کو فن کی

روشنی بخشتا ہے۔ سرشار نے اپنے ناولوں میں لکھنوی زندگی کے مختلف پہلوؤں کی مصوری کی ہے اور معاشرے کے مزاج کی عکاسی کرتے ہوئے ایسے کردار کا تعارف کرایا ہے جو انسانی زندگی کا ترجمان ہے۔ یہ سارے کردار وضع قطع کے اعتبار سے ایک دوسرے سے ملتے جلتے ہیں مگر سرشار کا کمال یہ ہے کہ ان کے ہم قامت کرداروں کی یکسانی کے باوجود ان میں ہر جگہ ایک انفرادی رنگ عیاں ہے۔ اس طرح ان کے ناولوں کے کردار ن یکسانیت رکھتے ہوئے بھی اپنا ایک خاص رنگ رکھتے ہیں۔

سرشار نے ناول نگاری کے فن اور اس کی روایت کو ایسی تقویت بخشی جو آج بھی ہمارے ادب میں نمایاں ہے۔ سرشار اپنے ناولوں کے کرداروں اور قاری کے باہمی رشتے کی نزاکتوں کو پوری طرح محسوس کرتے ہیں جبکہ نذیر احمد اپنے ناولوں میں قاری کی ذہانت پر یقین نہیں رکھتے ہیں۔ بہر حال اس طرح سرشار نے صنف ناول نگاری کو حد درجہ فروغ دیا جس کی داغ بیل نذیر احمد نے ڈالی تھی۔ اس اعتبار سے "فسانہ آزاد" "سیر کہسار" "جام سرشار" وغیرہ شہرت یافتہ ناول تخلیق کر کے انہوں نے اردو ناول نگاری کے فن کو وسعت دی۔

اس کے بعد شرر نے اردو میں تاریخی ناول تخلیق کر کے ایک نئی روش کا آغاز کیا اور اپنے ناولوں میں اسلام کے شاندار ماضی کا کثرت سے ذکر کیا اور اس روش کو انھوں نے اپنا نصب العین سمجھا جس طرح نذیر احمد نے اپنے ناولوں کے ذریعہ مسلمانوں کے متوسط طبقے کی معاشرتی اخلاقی، معاشی مذہبی اصلاح اور مستقبل کو سنوارنے کی کوشش کی اس طرح شرر نے ماضی کی عظمت کو دہرا کر مسلمانوں کو راہ مستقیم پر چلانے کی کوشش کی اور قومی اتحاد بھائی چارگی اور انسان دوستی کا سبق سکھایا تاکہ مسلمانوں کا مستقبل روشن ہو۔ شرر کے دل میں قوم کا درد تھا انھوں نے اپنے ناولوں کے ذریعہ پورے قوم کی اصلاح کی

کوشش کی ہے۔ انھوں نے ناول کو اپنے خیالات اور تصورات یعنی اپنی اصلاحی مقصد کو قوم تک پہونچانے کا ذریعہ بنایا اور ناول کے فن کو اردو میں برتنا شروع کیا جس میں شرر کو اولیت حاصل ہے۔ اس کی مثال ان کا ناول "فردوس بریں" ہے۔ ناول کی وہ خوبیاں جو نذیر احمد اور سرشار کے یہاں نہیں ملتی شرر نے ان کی طرف توجہ دی ہے۔

شرر نے اردو میں ناول نگاری کو ایک مسئلہ فن کی طرح برتا اور اپنے ناولوں میں پر تکلف منظر نگاری کی چاشنی اور چٹخارے اور ایک خاص قسم کی انشا پردازی کو اس طرح جگہ دی کہ یہ بھی فن کے اہم جز ہو گئے۔ انھوں نے مغربی فن کے مبادیات اور مشرقی مزاج کی شوخی و رنگینی کے حسین امتزاج کو فروغ دیا جس کی تقلید ان کے بعد آنے والے ناول نگاروں نے بھی کی۔

اردو ناول نگاری میں فنی روایت کی بنیاد نذیر احمد سرشار اور شرر نے ڈالی ان لوگوں نے قصہ گوئی کی دنیا میں ایک نیا راستہ نکالا اور اپنے فنی عمل کے ساتھ اس راستہ کو ہموار کیا جس سے آنے والوں کے لئے انتہائی آسانی ہو گئی۔ "مراۃ العروس" "بنات النعش" "توبۃ النصوح" "ابن الوقت" "فسانہ مبتلا" "فسانہ آزاد" اور فردوس بریں جیسی شاہکار تخلیقات اس کی روشن دلیل ہیں جس سے ہر شخص کو ناول نگاری کی روایت اور اس کے آغاز کے متعلق معلومات حاصل ہوتی ہیں۔

اس کے بعد ناول نگاری کا ایک ایسا دور آیا جو ابتدائی فنی روایت کی پیروی کا دور کہلاتا ہے جہاں نذیر احمد، سرشار اور شرر کی اولیت کو فوقیت ملی اس دور کے روح رواں راشد الخیری منشی سجاد حسین اور محمد علی طبیب ہیں۔

راشد الخیری نے نذیر احمد کے فن پر مبنی ناول نگاری کی ہے ان کی ناولوں کا پیش خیمہ نذیر کی طرح مسلم معاشرہ کے مسائل کے دل کا منشور ہے۔ دونوں کے ناولوں میں فرق

صرف اتنا ہے کہ نذیر احمد نے عورت کی اصلاح کے لئے ناول لکھا اور راشد الخیری نے اس کی اصلاح کے ساتھ ساتھ اس کی معاشرتی حیثیت بلند کرنے کی بھی کوشش کی ہے اس طرح راشد الخیری کے ناول نذیر احمد کے مخصوص انداز میں ہیں۔ ان کی ناول نگاری عورت کی مظلومیت کے داستان ہے۔

راشد الخیری اپنے ناولوں کے ذریعہ وہی کام انجام دیتے ہیں جو اکبر الہ آبادی اپنی شاعری کے ذریعہ دیتے ہیں ان کے تمام ناولوں میں گھریلو زندگی محور اور مرکز کی حیثیت رکھتی ہے۔ انہوں نے تعلقات کے تذکرے سے ہمیشہ پرہیز کیا۔ جنس وجنسیات ان کے نزدیک ایک عفریت ہے۔ اس کے محض ذکر سے بھی انہیں خوف آتا ہے ان کے ناولوں میں شروع سے آخر تک تصنع کی چھوٹ ہے۔ راشد الخیری کی ناول نگاری کا سب سے بڑا نقص یہ ہے کہ وہ تبلیغی انداز اختیار کر لیتے ہیں۔ انہوں نے ناول نگاری کے میدان میں اپنے قلم کے جوہر دکھلائے اور اپنے ناولوں کی بدولت مصور غم کہلائے۔ ان کے ناولوں کا انجام اکثر وبیشتر حالات میں المناک ہوتا ہے۔ مگر ان کی جزئیات نگاری کھوکھلی جذباتیت کا شکار ہے۔ مجموعی اعتبار سے انہوں نے ناول کے فن کو ترقی دینے میں نمایاں حصہ نہیں لیا مگر زبان وبیان کے لحاظ سے ان کے ناول زندہ وجاوید رہیں گے۔ منشی سجاد حسین نے سرشار کے فن پر مبنی ناول نگاری کی جیسا کہ ان کے ناول "حاجی بغلول" اور "طرحدار" کے مطالعہ سے پتہ چلتا ہے کہ انہوں نے فسانہ آزاد کی روشنی میں اپنے یہ دونوں ناول تخلیق کئے ہیں۔ ان کے ناول مذہبی اور سیاسی تعصبات اور ذہنی حدبندیوں سے آزاد ہیں۔ اس طرح ناول نگاری کے اس تقلیدی دور میں راشد الخیری اور منشی سجاد حسین نے ایک خاص روش سے متاثر ہو کر اپنا مخصوص رنگ قائم کیا۔ جس کی وجہ سے انہیں ناول کی تاریخ میں اہم مقام حاصل ہے۔

اس کے بعد محمد علی طبیب نے شرر سے حد درجہ متاثر ہو کر ناول لکھے ہیں ان کے ناولوں میں شرر کے فن اور اثرات نمایاں نظر آتے ہیں جس طرح شرر نے مسلمانوں کے کارہائے نمایاں کو یاد دلا کر عہد حاضر کے زوال کے اسباب پر غور و فکر کرنے کی دعوت دی اس طرح محمد علی طیب نے مسلمانوں کی اصلاح کے لئے پند و نصائح اور لمبی تقریروں پر مشتمل ناول لکھے جس نے ان کے فن کو نقصان بھی پہنچایا ہے۔ محمد علی طبیب کے بعد ان دنوں جن لوگوں نے ناول نگاری کے ذریعہ قوم وملت کی اصلاح کی ہے ان میں سجاد حسین کسمنڈوی آغا شاعر، ریاض خیر آبادی، شاد عظیم آبادی، احمد علی شوق اور قاری سرفراز حسین کے نام قابل ذکر ہیں۔

مجموعی طور پر ان لوگوں کی ناول نگاری نصف بیسویں صدی ہی محیط ہے ان لوگوں نے اپنے ناولوں میں خاص معاشرے کی زندگی کے مختلف پہلوؤں کی عکاسی کر کے ناول نگاری کو اوج ثریا پر پہنچا دیا ہے۔ ان لوگوں نے مختلف قسم کے ادبی اور شاعرانہ وسیلوں سے کام لے کر اجتماعی زندگی کے مختلف مسئلوں کے موضوع پر ناول لکھ کر قوم وملت ہے اصلاح کی خدمت انجام دی۔

اس طرح ہم دیکھتے ہیں کہ نذیر احمد، سرشار، راشد الخیری، محمد علی طبیب، منشی سجاد حسین، آغا شاعر، ریاض خیر آبادی اور قاری سرفراز حسین کے ناولوں میں زندگی کا تنوع پھیلاؤ اور گہرائی و گیرائی کا عنصر گاہے گاہے ملتا ہے۔ ان کے ناول رسوا کی طرح اخلاقی زوال کی فضا میں گہری معنوی تعبیر و تفہیم کے حامل ہیں۔ اس کی وجہ یہ رہی ہے کہ ان لوگوں کے ناولوں میں فنی نزاکتوں کی کمی نہیں تو بہتات بھی نہیں ہے مگر ایک بات ضرور ہے کہ ان لوگوں کی تحریریں فنی شعور کی روح رواں ضرور ہیں۔ اس کی مثال ہمارے سامنے "امراؤ جان ادا" "خواب ہستی" "ہیرے کی کنی" "نقلی تاجدار" "ناہید" اور

"ارمان ہے جس کی وجہ سے اردو ناول نگاری میں نفسیاتی اور تجزیاتی ناول کی ابتداء اور شاعرانہ تخیل کا فروغ ہوا۔

آغا شاعر نے اپنے "ارمان" "ہیرے کی کنی" اور "نقلی تاجدار" جیسے اہم ناولوں میں بیسویں صدی کے ناول کے شعور کا گہرا ثبوت دیا ہے۔ یہ ان کے طبع زاد ناول ہیں انہوں نے اپنے ناولوں میں بیسویں صدی کے مسلم گھرانوں کے معاشرت کی بھرپور عکاسی کر کے اس عہد کے رسم و رواج اور روایت کو بروئے کار لائے۔ انہوں نے اپنے ناولوں میں عوام الناس کے نفسیاتی مسائل کو بڑی فنکاری اور چابکدستی سے پیش کرنے کی مساعی جمیلہ کیا ہے۔ پریم چند اس عہد کے ناول نگاروں میں منفرد مقام رکھتے ہیں۔ سدرشن، محمد مہدی تسکین، قاضی عبد الغفار، مجنوں گورکھپوری، نیاز فتحپوری، کشن پرشاد کول، ل احمد وغیرہ نے بھی اپنے ناولوں میں اس عہد کے مسائل کو حالات اور نزاکت کی روشنی میں پیش کیا ہے۔ عزیز احمد نے ناداری اور شہر میں رہنے والوں کی جنسی رشتوں کو قلم بند کیا ہے۔ ان کی ناول نگاری کے متعلق تنقیدی گفتگو اگلے باب میں ہو گی۔ قاضی عبد الغفار نے ایک ممتاز نثر نگار اور اعلیٰ پائے کے اہل قلم کی حیثیت سے پوری ادبی دنیا سے اپنا لوہا منوایا۔ "لیلیٰ کے خطوط" "مجنوں کی ڈائری" "عجیب" "تین پیسے کی چھوکری" جیسی داستانوی اور افسانوی کتابوں میں رومانی انداز کی نثر کا لطف تو ملتا ہی ہے ساتھ ہی ساتھ ان کتابوں میں طنز کا تیر و نشتر بھی چلایا گیا ہے۔ انہوں نے رومانوی انداز کی ہی نثر نہیں لکھی ہے بلکہ ان کا قلم سنجیدہ عنوانات پر بھی پوری روانی کے ساتھ چلتا ہے۔

فسانہ آزادی کی طرح امراو جان ادا کا پس منظر بھی لکھنو کا زوال آمادہ معاشرہ ہے انہوں نے اپنے عہد کے لکھنؤ معاشرے کی تصویر کشی کی ہے۔ مرزا ہادی حسن رسوا علم ریاضی کے ماہر اور انسانی جذبات کے نبّاض تھے۔ ان کے ناولوں پر ان کے طبعی رجحان کا

عکس صاف نظر آتا ہے۔ ان کے ناولوں میں جنسیات سے لے کر سیاست تک کے سارے رجحانات فنی بصیرت سے لبریز نظر آتے ہیں انہوں نے کا ناول امراو جان ادا لکھ کر انسان کو یہ بتایا کہ انسانی زندگی کے پیچھے تہذیب معاشرت، سیاست، معیشت، اخلاق اور تاریخ کے حقائق پوشیدہ ہوتے ہیں جس کا مطالعہ کرنے سے ہم ماضی سے آشنا ہوتے ہیں اور اس کی روشنی میں ہم اپنے مستقبل کو سنوارتے ہیں اس کے بعد ناول نگاری میں مرزا سعید وغیرہ کا نام آتا ہے۔

مذکورہ بالا بنیادوں پر ہی اردو کے مایہ ناز ناول نگار پریم چند نے ناول نگاری کا تاج محل تعمیر کیا اور اس کی آبیاری کر کے ناول نگاری کے کارواں کو آگے بڑھایا۔ پریم چند نے اس دور میں ناول لکھنا شروع کیا جب کہ "خواب ہستی" اور "امراو جان ادا" منظر عام پر آ چکا تھا۔ ابتداء میں انہوں نے ہندو معاشرت اور اس کی پیچیدگی پر مبنی اصلاحی ناول لکھے، ان ناولوں کا پس منظر انہوں نے ایسے معاشرے کو بنایا جس کا ان کو خود مشاہدہ تھا۔ اس طرح ان کے تمام ناول حقیقت اور صداقت کے غماز ہیں جہاں ان کے شدید جذبات اور غیر منطقی جانب داری کو خاص دخل ہے جس کی وجہ سے وہ اپنے ابتدائی ناولوں کو فنی طور پر کامیاب نہ بنا سکے جس درجہ کے ان کے ناول "بازار حسن" "گوشہ عافیت" میدان عمل" اور "گئو دان" ہیں۔ پریم چند کے ناول خاص طور سے "گئودان" اور "میدان عمل" کے مطالعہ سے اندازہ ہوتا ہے کہ ناول نگاری کے فن کی جس روایت کو نذیر احمد، سرشار شرر، رسوا اور مرزا سعید نے قائم کیا تھا اسے پریم چند نے فنی اعتبار سے مزید وسعت اور گہرائی بخشی۔

سرشار عمیق مطالعہ رکھنے کے باوجود نہ انسانی زندگی کے تمام پہلوؤں کا محاصرہ کر سکے اور نہ ہی لازمی، غیر لازمی اہم اور غیر اہم میں فرق قائم کر سکے۔ پریم چند کے ناول

معاشرتی، سیاسی اور اقتصادی گوشوں کا اس طرح محاصرہ کرتے ہیں کہ ان کے ناول ان تمام چیزوں کے ساتھ ہی ایک خاص قوم کے مزاج کے مفسر اور مبصر کی حیثیت رکھتے ہیں۔ انہوں نے اپنے ناولوں میں قومی زندگی کے خارجی پہلو کے ساتھ ساتھ ان کے داخلی کیفیتوں کی اس طرح عکاسی کی ہے کہ اس قوم کے جسم اور روح دونوں کے فرق عیاں ہو گئے ہیں اس طرح ہم کہہ سکتے ہیں کہ ان کے ناول ہندستان کے شہروں دیہاتوں کے نچلے اور متوسط طبقوں کی تہذیبی اور قومی الجھنوں اور کشیدگی کے آئینے ہیں۔ پریم چند کے ناول اردو ناول کی تاریخ میں زندگی اور فن کی عظمت اور بلندی کے بہترین مظہر ہیں۔ ان میں سب سے پہلے کے ناول نگاروں نے فن کی جو روایت قائم کی تھی۔ اسے انہوں نے وسعت ہی نہیں دی بلکہ اپنی فنی بصیرت سے ایک نیا مفہوم دیا۔ پریم چند کے ناولوں میں جہاں مارکس اور ٹالسٹائی کے نقطۂ نظر کو دخل ہے وہیں قدامت پسندی یا مشرق پسندی بھی غالب ہے۔

اس طرح پریم چند کے بعد جن لوگوں نے فن اور فلسفہ حیات پر مبنی ناول نگاری کی اور اردو ناول کو فنی اعتبار سے آگے بڑھایا ان میں سجاد ظہیر، عصمت چغتائی، عزیز احمد، کرشن چند اور قرۃ العین حیدر کے نام اہمیت کے حامل ہیں۔

ترقی پسند تحریک کے ادیبوں نے مارکسزم اور موجودہ سائنس اور سماجی علوم کی روشنی میں اپنا اظہار خیال کیا۔ ان لوگوں کا مقصد سماجی اصلاح تھا اور اس کام کو ان لوگوں نے ایک جذبہ امید اور پروگرام کے تحت بخوبی انجام دیا۔ اس کا پرچار ان لوگوں نے اردو ادب میں افسانہ لکھ کر کیا یہی وجہ ہے کہ شروع ہی سے ترقی پسند تحریک کا رویہ زندگی کے بارے میں صداقت پر مبنی تھا۔ سجاد ظہیر، کرشن چندر، عصمت چغتائی عزیز احمد اس زمانہ کے ناول نگار تھے۔ ان بزرگوں میں سوچنے سمجھنے اور اظہار خیال کا انداز جداگانہ تھا۔ یہ

لوگ درمیانی طبقہ کے لوگ تھے قدامت پرستی رسم رواج اور اخلاقی بندھنوں کی چہار دیواری میں قید تھا جس کا مستقبل تاریک ہی تاریک نظر آرہا تھا جس کا احساس ان لوگوں کو شدت سے تھا کہ یہ طبقہ برباد ہونے جارہا ہے۔ یہ طبقہ اپنے قدیم رواج کی ڈوری میں جکڑا ہوا شاید ہمیشہ رہ جائے اور اس کا پھر بہت برا ہو جائے آخر کار انہوں نے اس طبقہ کے لوگوں کو تعلیم کی دعوت دی انسانیت اور جدید و قدیم کے موضوع پر نہایت ہی خلوص و محبت کے ساتھ تبلیغ کی۔ یہ تبلیغ ان لوگوں نے تحریری اور تقریری دونوں طرح سے کی۔ ان لوگوں نے جدید سائنس کی روشنی میں اچھے مواد اور فن کی کسوٹی پر ناول نگاری کر کے متوسط طبقہ کے لوگوں کو بیدار کیا جیسا کہ سجاد ظہیر نئے ناول "لندن کی ایک رات" میں اپنا دانشورانہ جذبات و احساسات اور داخلی اظہار خیال کی تکنیک سے تخلیقی حسن کو پیراہن بخشا یہ ناول سجاد ظہیر کی وہ نثری کاوش ہے جو 1938ء سے اب تک مسلسل شائع ہوتی رہی ہے ناولٹ کے متن اور مواد کی اہمیت کی پیش نظر تنقیدی ایڈیشن بھی سامنے آتے رہے ہیں۔ یہ ناول اردو میں فنی نقطۂ نظر سے جدید ناول کی خشت اول ہے۔ لندن کی ایک رات ترقی پسند ادب کا ابتدائی نمونہ ہے۔ یہ ایک ایسا ناول ہے جو 1965ء سے پہلے لکھے جانے کے باوجود آج کے نئے زمانے سے بھی نہ صرف جڑا ہوا ہے بلکہ عکاس اور آئینہ دار بھی ہے کیونکہ آج بھی مغربی دنیا میں تعلیم حاصل کرنے والے طالب علموں کے مسائل زیادہ بدلے نہیں ہیں۔ تو عصمت چغتائی تحلیل نفسی کے ذریعہ شمن کے کردار کو اجاگر کیا اور گاوں گھروں میں استعمال ہونے والی روز مرہ کی بول چال کو اردو ادب میں ادبی مقام بخشا۔ کرشن چندر نے خلقت کی ابدی حسن کے گود میں سماج کے مختلف طبقہ میں ہونے والے ظلم و ستم انسان کی پریشانی اور بے بسی کے پردہ کو فاش کیا تو عزیز احمد نے تعلق دارانہ مشنری اور متوسط طبقہ کے سماج میں عام لوگوں کی تنگدستی اور دیگر بدحال کو

اپنا موضوع بنایا۔ ان لوگوں کی ناول نگاری سماجی مسائل پر مبنی اعلی شاہ کار ہے جس کے ذریعہ عام لوگوں کی زندگی کو پیش کیا گیا ہے۔ خواہ غریبی ہو یا باہمی کشیدگی یا ایک دوسرے پر ظلم وستم کے واردات۔ ہر مسائل اور مسائل کے حل کو اپنے ناولوں میں قلم بند کیا مگر پریم چند کے ناول "گئودان" کی طرح نشاۃ حیات کا ہمہ جہتی رزمیہ نہیں۔ بہر حال ان لوگوں کا ناول فن اور اسلوب کے لحاظ سے بہت دلکش اور دلچسپ ہے جس کا نذیر احمد یا پریم چند کی ناول نگاری میں سراغ نہیں۔ ان ترقی پسند ادیبوں کے دل میں قوم کا درد تھا جو کچھ دیکھا اس کو محسوس کیا اور ناول کے سانچے میں ڈھال دیا۔ یہی وجہ ہے کہ ان لوگوں کی ناول میں صداقت پر مبنی کردار ملتے ہیں۔ ان لوگوں کے ناول میں صرف اقربا پروری قدیم عقائد اور زمانے سے چلی آنے والی رسم ورواج کی کشمکش اور پیچیدگی ہی نہیں بلکہ آزادی، انصاف اور انسان دوستی کے نئے ادارے، نئی دنیا کی تلاش اور نئے خوابوں کی تعبیر بھی نظر آتی ہے۔ اعظم راؤ نعیم، شمسا، سب کسی تعبیر کے خلاف رواں دواں نظر آرہے ہیں عصمت چغتائی نے اس عہد کے افسانوی ادب کے کرداروں کو یوں پیش کیا ہے۔

"نئی دنیا کا نیا بیٹا ضدی۔ بدمزاج اور اکھڑ ہے وہ موجودہ نظام کو پسند نہیں کرتا۔ اور اپنے نئے نظام کے لیے بیکل ہے۔ وہ اسے بدل ڈالنا چاہتا ہے مگر ابھی تو وہ بدنظمی سے متنفر ہو کر اپنی ہی بوٹیاں چبائے جارہا ہے خود اپنا ہی جسم اپنی ہی روح کو چیر کر پھینک رہا ہے (مجموعہ ایک بات صفحہ 11)

اس بات سے کسے انحراف ہے کہ انگریزی دور حکومت میں ہندوستانی عوام غلامی کی زنجیر میں جکڑے ہوئے تھے۔ بڑے لوگ مزدور طبقے کو استعمال کرنے کے لیے نئے نئے طریقے ایجاد کر رہے تھے۔ اس بدعنوان حکومت کی بدنظمی جارحانہ رویہ قید وبند کے

نظارے متزلزل اونیم مردہ حالات ان ترقی پسند ادیبوں کی تحریروں میں ملتے ہیں۔ مجاز کی نظم "آوارہ" میں ہیرو کا کردار اسی نوعیت کا ہے۔ جب ترقی پسند ادیبوں کے علاوہ گاندھی جناح اور دوسرے رہنماؤں کے خون پسینہ کے صدقے ہندوستان آزاد ہوا تو ہندوستانیوں کے لئے جسمانی اور روحانی دونوں آرام کوسوں دور ہو گئے۔ مذہب کے نام پر نفرت بغض و کینہ، فسادات قتل عام اور حیوانیت کے خوفناک رویہ کا آغاز ہوا تو ترقی پسند ادیب خوشگوار آزادی کا یہ نتیجہ دیکھ کر خوف سے چیخ پڑے۔ ایسے موقع سے "کرشن چند" نے غدار اور رامانند ساگر نے اور انسان مر گیا تخلیق کر کے اپنے دل کا بھڑاس نکالا۔ اس کے علاوہ ایسے موقع سے ادیبوں نے بے شمار افسانے اور ناول تخلیق کر کے اس کے پس منظر میں اخوت، مروت، انسان دوستی، بھائی چارگی، قومی یکجہتی کی تلقین کی۔ اس سے قبل کے افسانوں میں فکر کی گہرائی اور تنظیم کا فقدان ہے تو اس کا یہ مطلب نہیں کہ ناول ناول اور افسانہ افسانہ کہلانے کا مستحق نہیں دراصل وہ دور ہی بحران اور خلفشار کا دور تھا ان ادیبوں کا فرض تھا کہ فوری طور پر حالات کو قابو میں لا کر ماحول ساز گار بنائیں۔ البتہ ایسے وقت میں ان لوگوں نے جذبات سے کام لیا جس کی وجہ سے ان لوگوں کی تخلیق میں فکر و فن کی کمی نظر آتی ہے۔

بہر حال پرچم آزادی کے تلے ظلم و ستم مذہب کے نام پر فرقہ وارانہ فسادات اور مختلف قسم کے واقعات رونما ہوئے۔ اس کی برقی رو نے دل و دماغ کو جھنجھوڑ ڈالا اس کے دو نتائج بر آمد ہوئے اول کچھ لوگ ہجرت کر کے پاکستان چلے گئے دوسرا ہندوستانی سماج میں جاگیر دارانہ نظام کا خاتمہ ہوا۔ ظلم وزیادتی کی دیوار گر گئی اور عام لوگ خوشگوار زندگی گذارنے لگے۔ اس عہد میں قاضی عبد الستار اور انور عظیم جیسے ناول نگاروں نے جاگیر دارانہ نظام کے خلاف ناول لکھا۔ ان کا ناول "شب گزیدہ" اور "دھواں دھواں

سویرا" اس امر کی عمدہ مثال ہے۔ اور قرۃ العین حیدر کا ناول "میرے بھی صنم خانے "سے بھی اس بد عنوان نظام کا شیرازہ بکھرنے کی گونج سنائی دیتی ہے۔ ساتھ ہی قاضی عبد الستار اور انور عظیم نے اپنے ناول میں تاریخی و طبقاتی شعور کے مطالعہ و مشاہدہ کے ذریعہ اس جارحانہ نظام میں ہونے والے ظلم و ستم اور عام انسان کی محنت کا استحصال کی داستان بہت ہی موثر اور فنی چابک دستی سے قلم بند کیا ہے۔ بیسویں صدی کے ناول نگاروں میں خان محبوب طرزی بھی ناول نگار کی حیثیت سے منفرد مقام رکھتے ہیں۔

انہیں دنوں ہندوستانی کاروبار اور تجارت کے ذریعہ معاشی زندگی کو خوشگوار بنانے کی کوشش میں سرگرداں تھے۔ اس میں کئی طبقہ کے لوگ تھے خاص طور سے مزدور اور درمیانی طبقہ کی حالت دگرگوں تھی ان کے سامنے مسائل کے انبار لگے ہوئے تھے جن مسائل سے ان کا چولی دامن کا رشتہ تھا اس طرح وہ لوگ مالی بحران کے باعث غربت کے شکار ہو رہے تھے۔ آزادی کے آفتاب کی خوشگوار شعاعیں سرمایہ داروں اسمگلروں، بدعنوان افسروں، ڈھونگی سیاسی رہنماؤں کے شبستانوں کو معمور کر رہی تھی۔ غریبوں کا استحصال ان کا نصب العین تھا۔ ان کی خواہش تھی کہ یہ نچلا طبقہ ترقی کے راستہ پر کبھی گامزن نہ ہو سکے۔ وہ زندگی کے ہر شعبہ میں تنزلی پر گامزن رہے۔ اس کار نمایاں کو جن ترقی پسند ادیبوں نے انجام دیا اس دردناک زندگی کو اپنے تخلیق کا موضوع بنایا ان میں ہنس راج رہبر مہندر ناتھ کرشن چند، رضیہ سجاد ظہیر، سہیل عظیم آبادی وغیرہ کے اسم گرامی اہمیت کے حامل ہیں۔ پریڈ گراونڈ "بندگی" رہبر کے درد کا رشتہ "سورج" ریت اور "گناہ" مہندر ناتھی کی ناول سے سماجی ماحول کی پرتو ایسی جلوہ گر ہوئی ہے جس کا دیگر اردو ناولوں میں موہوم سا اشارہ بھی نہیں ملتا۔ ان کے ناول میں گاؤں اور قریہ کے مزدور افلاس و بھوک اور بے روزگاری کے ستائے ہوئے افراد نظر آتے ہیں۔ ان کی زندگی

گندے اور غیر کشادہ جگہوں میں بسر ہوتی ہے مگر وہ مظلوم امید کی خوشی کے ساتھ خوشگوار طریقہ سے زندگی بسر کرنے کا خواب دیکھتا ہے۔ وہ اس کو حاصل کرنے کے لیے ہر ظلم کے خلاف صدائے احتجاج بلند کرتا ہے۔ یہاں میں مہندر ناتھ کے ناول "سورج" "ریت اور گناہ" سے عبارت نقل کر رہا ہوں جو اسی نوعیت کی چیز ہے جس کا ذکر اوپر کیا گیا ہے۔ ملاحظہ ہو۔ ہیروئن انوری میری سے کہتی ہے۔

"دھوپ کتنی تیزی سے ہماری طرف آ رہی ہے میری جب تک انسان میں زندگی ہے اسے لڑنا چاہئے۔ دیکھو تو یہ سمندر کا شفاف سینہ پاکیزہ ہوا۔ ناریل کے درخت یہ لہریں یہ سورج، یہ ریت ہمارا تمہارا گناہ یہ کھلی فضا اور یہ راحت بخش ہوا جو پھیپھڑوں میں جاتی ہے ہم کیوں نہ زندہ رہیں اور ایک بہتر زندگی کے لئے لڑیں۔

ان ناولوں میں محنت کش مزدور کے حالات زندگی کو انھی کی نظر سے دیکھا اور قلم بند کیا گیا ہے۔ یہاں ناول میں ناول نگار نے خود کو ناول کا کردار بنا کر پیش کیا ہے جس سے ان کی شخصیت میں چار چاند لگ جاتا ہے۔ ناول نگار اسی محنت کش دہقان کے دل و دماغ سے سوچتا اور انہیں کے عام بول چال کی زبان میں اظہار خیال کر کے دل کی بھڑاس نکالتا ہے۔ چنانچہ اس طرح ہم دیکھتے ہیں کہ پریم چند کی ناولوں کے اثرات ان بزرگوں کے ناولوں میں سیر و تفریح کرتی نظر آتی ہے۔ جو اردو کے دیگر ناول نگاروں نے انجام دیا ہے۔ بحیثیت ناول نگار موصوف کی خدمات ناقابل فراموش ہیں انھوں نے اپنے ناول "صورت الخیال" میں ایرانیوں، انگریزوں اور ہندوستانی، دیہاتی انسانوں کی زبانیں مرقوم و محفوظ کر دیئے ہیں۔ جو اردو ناول نگاری کی ارتقامیں سنگ میل کا حکم رکھتی۔

راجندر سنگھ بیدی اردو دنیا کے علاوہ انگریزی ہندی کے میدان میں تعارف کے محتاج نہیں۔ افسانہ نگاری کے میدان میں جو مقام ان کو حاصل ہے کسی اور کو میسر نہیں

ان کی ناولٹ "ایک چادر میلی سی" کی شہرہ آفاق ہونے کی پوشیدہ بات اسی صداقت میں مخفی ہے۔ بیدی نے اپنے ناول کے کرداروں میں جان ڈالنے کے لئے اپنی ہستی کو انہی مظلوم کسانوں کے درد و کرب میں اپنے آپ کو محو کر دیا ہے۔ بیدی کی یہ ناولٹ گئودان کی طرح پنجاب کے دیہی علاقے کی منظر کشی کرتا ہے۔ جہاں غریب مزدور محنت کر کے روزی روٹی حاصل کرتے ہیں۔ وہ تہذیبی ماحول کی منظر نگاری کے ساتھ ساتھ کرداروں کی تہداری کو بھی ڈرامائی انداز سے پیش کرنے کی صلاحیت رکھتے ہیں۔ بہر حال یہاں "لہو کے پھول" حیات اللہ انصاری کے ناول کا ذکر کرنا غلط نہیں ہو گا۔ موصوف کا ناول "لہو کے پھول" بیسویں صدی میں ہندوستان کی تحریک آزادی پر مبنی ہے۔ حیات اللہ انصاری اجتماعیت سے خفگی کے بعد بھی ترقی پسند نظریہ ادب سے منہ نہ موڑ سکے۔ انہوں نے ناول میں انسانی زندگی اور تحریک آزادی کا جس پیمانہ پر مطالعہ و مشاہدہ کم کیا وہ ایک خاص سیاسی اور سماجی نقط نگاہ کا ثبوت فراہم کرتی ہے۔ انہوں نے اپنے ناولوں میں ہندوستانی عوام اور ان کی آزادی کی کوششوں کو بڑے ہی مفکرانہ اور دانشورانہ انداز میں رقم کیا ہے۔ ویسے ان کا یہ ناول بہت ضخیم ہے جس میں مصنف نے بے ضرورت وسعت پیدا کر کے قصہ کو طول دے دیا ہے۔ یہ چیزیں ناول کو غیر متوازن بنا دیتی ہے۔ پھر بھی یہ ناول اشتراکی تحریکوں اور دیہات کے ماحول سے تعلق رکھنے والے اردو کے شہرت یافتہ اور مقبول ناولوں کی فہرست میں شمار کئے جاتے ہیں۔ اس کے علاوہ ان کی ناولٹ "گھروندہ" اور "مدار" ہے جس میں "گھروندہ" کافی طویل ہے اس کا قصہ یوں ہے کہ ایک بڑے گھر کا لڑکا ایک بیراگن کے شباب پر عاشق ہو جاتا ہے کافی دشواریوں کے بعد لڑکا لڑکی شادی کر لیتے ہیں اس کے بعد دونوں کے درمیان تہذیب و تمدن کا مسئلہ کھڑا ہوتا ہے۔ مگر دونوں اپنے اپنے تہذیب و تمدن پر ہی اٹل رہتے ہیں جو روایت ایک دوسرے کے جد

اعلی سے چلی آرہی تھی۔ ناولٹ "مدار" کے ذریعہ حیات اللہ انصاری مادری زبان کو ترجیح دیتا ہے۔ اس نے ثابت کیا ہے کہ مادری زبان کا رشتہ اہم ترین رشتوں اور جذبوں پر فضیلت رکھتا ہے۔

اس کے بعد پاکستانی ادیبوں نے بہت زور شور سے ناول لکھے ہیں جو اچھوتے موضوع فن تکنیک اور فکری احساس پر مبنی ہے مگر حالات حاضرہ کے مسائل کو جنہوں نے اپنے ناول کے لئے موضوع کا مرکز بنایا یعنی عام انسانوں کی سماجی زندگی میں آئے دن جو واردات رونما ہوتی ہیں سیاسی، معاشی، اقتصادی مسائل کھڑے ہوئے ہیں ان کو تنقیدی نقط نظر سے صداقت کے پر لگا کر پیش کیا ان ناول نگاروں میں خاص خدیجہ مستور کا "آنگن" "اداس نسلیں "عبد اللہ حسین اور خدا کی بستی، جانگلوس شوکت صدیقی کا خاص طور سے مشہور و معروف ہیں پہلے دونوں ناولوں کے ذریعہ آزادی سے قبل کی انسانی زندگی کو مصنف نے بڑی چابک دستی سے پیش کیا ہے۔ اور دونوں کا اختتام ملک کی تقسیم پر کیا ہے۔ دونوں ناولوں کے مطالعہ سے پتہ چلتا ہے کہ آغاز سے اختتام تک ایک پائیدار نقطۂ نگاہ، تاریخی، سماجی گہرائی و گیرائی کا سلیقہ پنہاں نظر آتا ہے۔ خدیجہ مستور نے اپنے ناول آنگن کے ذریعہ ایک درمیانی درجہ کے مسلم خاندان کے حالات بڑی منصفانہ انداز میں پیش کیا ہے۔ وہ اس بات کی وکالت کرتی ہیں کہ گھر میں جو چھوٹے موٹے واقعات نمو پذیر ہوتے ہیں وہ دراصل ملک کی اشتراکی زندگی میں پیدا ہونے والے مسائل کا مرہون منت ہے۔ انگریزی حکومت کے خلاف جو لڑائی باہر لڑی جاری تھی اس میں سپاہیوں کی مستقل مزاجی جوانمردی موت اور تباہی کا سچا نظارہ اندرون میں نظر آتا ہے۔

شوکت صدیقی نے اپنے دونوں ناولوں میں پاکستانی ماحول کی دگرگوں پیچیدہ حالات کو پیش کرنے کی جستجو کی ہے۔ پاکستان کے نصف جاگیر دار نصف متوسط طبقہ اور سماج کے

لوگ مذہب کی آڑ میں بر ملا ہونے والی جرم کی حمایت کرتے ہیں اور انساں کی ایک شہری ہونے کی حیثیت سے جو بنیادی حقوق ہیں اس کو نیست و نابود کرنے کی جو مہم چلی آرہی ہے شوکت صدیقی نے بڑی ہمت اور بہادری سے ناولوں کے الجھے ہوئے پلاٹ میں ان کو یکجا کیا ہے۔ ان کا ناول "خدا کی بستی" میں "سلمان" سلطانہ نیاز، علی احمد کے کردار اردو ناول کے مستحکم کے کرداروں میں انفرادی مقام رکھتے ہیں۔ جانگلوس میں پاکستان دیہاتی علاقوں میں حیوان صفت زندگی بسر کرتے ہیں اسی صورت حال کو موضوع بنایا ہے اور یہ بات غور طلب ہے کہ ایک لکھنوی ادیب دیگر زبان دوسرے تہذیب و تمدن رسم و رواج ماحول اور معاشرہ کی رنگا رنگی انسانی زندگی اور نفسیات کو دل کش اور موثر طریقے سے پیش کیا ہے۔ لالی اور رحیم داد اس ناول کا مرکزی کردار ہیں جو جیل خانہ سے باہر نکل گئے ہیں اس طرح شوکت صدیقی نے اسی ناول میں اس بات کی دلیل پیش کی ہے کہ اس سماج میں اصل مجرم جو گناہ گار ہیں وہ قید خانہ کے اندر نہیں بلکہ باہر عیش و عشرت کی زندگی بسر کرتے۔ یہ بہت بڑے سیاستداں ہوتے ہیں اور حکومت میں بڑے عہدوں پر فائز ہوتے ہیں۔ سید شیر حسین نے اپنے ناول "جھوک سیال" میں ایک گاؤں کے آئے دن ہوئے واردات کو قلم بند کیا ہے مگر جانگلوس اس کے برعکس ہے یہ ناول پورے پنجابی دیہاتی علاقے کی زندگی پر محیط ہے۔

ترقی پسندی کے علمبرداروں نے پرانے رسم و رواج جو عام طور پر صداقت پسندی پر مبنی تھے اس سے الگ ناول نگاری کے اصولوں و ضابطے قائم کئے جیسا کہ خواجہ احمد عباس کا ناولٹ "سیاہ سورج سفید سائے" اس میں مصنف نے اشتراکی جمہوریت پر چلنے والے نو آبادی ملکوں کے خلاف جاگیردارانہ نظام کی جارحانہ ظلم و ستم کا پردہ فاش ہے۔ خواجہ احمد عباس نے بھی حیات اللہ انصاری کی طرح ہندوستانی عوام اور ان کی آزادی کی

جستجو کو قلم بند کیا ہے۔ اس کے علاوہ کرشن چندر نے پوری کائنات کی جاگیر دارانہ نظام کی جارحانہ ظلم و ستم سماجی نابرابری اعلیٰ ادنی کا بھید بھاؤ لوٹ کھسوٹ خوشحال زندگی گذارنے کو اشارہ کنایہ کے ذریعہ با اثر بنا کر پیش کیا ہے۔ انہوں نے دبے کچلے استحصال زدہ کشمیریوں کے بارے میں بہت کھل کر قلم بند کیا ہے۔ جیسے "گدھے کی سرگذشت" "الٹا درخت" اسی نوعیت کی تخلیق ہے جس میں برائے نام عوامی یا جمہوری نظام کے کل شعبہ جمہوریت انصاف قانون اور سماجی رشتوں کے ریاکارانہ و مکارانہ رویہ پر سخت تیر چلایا گیا ہے۔

کرشن چندر نے کم و بیش پچاس ناول لکھے ہیں۔ ان کے سماجی ناول کے غائر مطالعہ سے پتہ چلتا ہے کہ ان میں مواد اور تکنیک کی گونا گونی ہے۔ "شکست" کا موضوع محنت کش مزدور کا خون چوسنا اور جاگیرداروں کی رہنمائی میں فرقہ وارانہ فسادات کو فروغ دینا ہے۔1952ء میں کرشن چندر نے "جب کھیت جاگے" تخلیق کر کے محنت کش مزدور کی زندگی اور حالات کو دنیا کے سامنے پیش کر دیا اس میں باغی راگھو نے اپنی المناک داستان زندگی میں بیان کی ہے جس کو دوسرے دن سولی پر چڑھایا جائیگا۔۔۔ "مٹی کے صنم" اور "میری یادوں کے چنار" کی تکنیک آپ بیتی ہے اس میں ناول نگار نے اپنی یادوں کے ذریعہ انگریزی دور حکومت کے ظلم و تشدد کو بیان کیا ہے۔۔۔ دل کی وادیاں سو گئیں بھی تکنیک کے اعتبار سے نہایت ہی اچھا اور دلچسپ ہے۔ ایک مسافر ٹرین کے حادثہ کی وجہ سے چند دن بیابان جنگل میں گذارتا ہے جس کی رسائی سماج کی متعدد حلقوں سے ہے۔ وہاں وہ اپنی شناخت دے کر اپنا مدعا کا اظہار کرتا ہے۔ دادر ریل کے بچے جو بمبئی کی اوسان خطا کر دینے والی زندگی کے پس منظر میں لکھا گیا ہے۔ اس میں بھی جاگیر دارانہ نظام کی شیطانیت و حیوانیت کا پردہ فاش کیا گیا ہے۔ اس طرح "ایک عورت ہزار

دیوانے "" برف کے پھول " جیسے ناول ہیں۔ یہ صداقت پر مبنی ہیں کرشن چندر کی حقیقت نگاری میں حقیقت کا پرتو کچھ گہرا نہیں یہ اور بات ہے مگر وہ اپنے آپ کو اس کے لئے کوشاں رکھتے ہیں مگر اس کے بعد بھی وہ اپنے ناولوں میں ہندوستانی سماج کی پناہ گزین انسانوں کی زندگی اس کی مشکلوں پریشانیوں اور رویوں کا بڑی چابک دستی سے حصار کرتے ہیں جو کسی دوسرے ناول نویس کو میسر نہیں۔

قرۃ العین حیدر اردو ناول کا ایک مستقل اور علیحدہ باب کہی جاسکتی ہیں۔ انہوں نے اردو ناول کے فن کو تازگی فکر اور معنویت بخشی ہے۔ وہ ان ہی کا حصہ ہے انہوں نے اپنا پہلا ناول "میرے بھی صنم خانے" کے شروع میں اردو نوابوں تعلقداروں جاگیرداروں کی عیاشی معاشقہ رنگارنگ محفل کی اور آخر میں جنگ آزادی کی تباہی و بربادی افلاس و مصیبت کے المناکی کی عکاس کے ہندوستانی مسلمانوں کے بگڑے ہوئے معاشی کی اصلاح کرانے کی کوشش کی ہے۔ یہ ناول اس دور کے اودھ کا سیاسی، سماجی، معاشی، تہذیبی، مذہبی تمام پہلو نمایاں کرتا ہے جہاں شرفا، روسا معاشقے سیر و شکار رقص و سرود شراب و شباب میں مگن گھر کے بجائے کلب میں پارٹی اور پکنک منارہے ہیں۔ ساتھ ہی ادب آرٹ فلسفہ حیات کے ماہر اور بورث روایت، پرولتاریت کا دلدادہ ہے۔ اس ناول میں ہندوستان کے متعدد تحریکوں کا سراغ و شعور رواں دواں ہے۔ ناول کے مطالعہ سے پتہ چلتا ہے کہ مصنفہ کو قوم پرست مسلمانوں کے گروہ سے حد درجہ محبت و انسیت ہے۔ ان کا دوسرا ناول " سفینۂ غم دل " ان کی اپنی آپ بیتی پر مبنی ہے۔ جس میں مصنفہ اپنے عزیز و اقارب کے ساتھ نظر آتی ہے۔ اس ناول کی ابتداء مصنفہ کی خاندانی معاشرت کی تاریخ پر اور اختتام تقسیم ہندوپاک پر محیط ہے کہ جب ہندوستان میں انگریزی حکومت کے خلاف تحریکیں شروع ہوئیں تو آئے دن کہیں نہ کہیں دنگا فساد، گورے اور ہندیوں کے درمیان

کشیدگی، سیاسی، معاشی، مذہبی، اقتصادی تعلیمی بدامنی سے متاثر ہو کر مصنفہ مع اپنے خاندان کس طرح درد و غم کو سینے سے لگا کر سخت سے سخت مراحل سے گزر کر اپنے بزرگوں کو پاکستان جاتے ہوئے دکھلاتی ہیں۔

اس طرح مجموعی طور پر یہ کہا جا سکتا ہے کہ ان کے دونوں ناول اودھ کے تعلقدار خاندان کی مکمل تاریخ ہے جس میں ان کی معاشرت کی بھرپور عکاسی کی گئی ہے۔ جس معاشرت پر مغربی تہذیب کا اثر حد درجہ غالب ہے۔ ان کے ناول صداقت کی غمازی کر تے ہیں۔ ساتھ ہی مصنفہ کا سب سے شاہکار ناول "آگ کا دریا" ہے جس پر ان کو گیان پیٹھ ایوارڈ ملا ہے۔ یہ ناول قومی یکجہتی کا ضامن اور اردو ناول کا بیش قیمت سرمایہ ہے۔ ان کے تمام ناولوں میں تخیل کار فرما ہے اس کے علاوہ "کار جہاں" "دراز" "آخر شب کے ہم سفر" "چاندنی بیگم، گردش رنگ چمن" "ہاؤسنگ سوسائٹی (ناولٹ) جیسے ناول لکھ کر مصنفہ نے اردو ناول نگاری کے کارواں کو آگے بڑھایا ہے۔ پروفیسر قدوس جاوید کی ترجمانی قرۃ العین حیدر کے ناولوں "میرے بھی صنم خانے" "آگ کا دریا" کار جہاں دراز ہے" اور" آخری شب کے ہم سفر" کے مطالعہ سے اول اول یہ بات سمجھ میں آئی کہ کوئی بھی ناول شاہکار کی حیثیت اسی وقت اختیار کرتا ہے جب ناول نگار تخلیقی سطح پر اسے برتنے کا اپنا ایک مخصوص اسلوب تراشتا ہے۔ خواہ وہ اسلوب وہ طریقہ کار، مروجہ اسلوب اور طریقہ کار سے مختلف یا یکسر برعکس ہی کیوں نہ ہو۔ اس اعتبار سے تخلیقی سطح پر ناول کو برتنے کے لیے دو متوازی خطوط قرار پاتے ہیں۔ ایک فنکارانہ اور دوسرا دانشورانہ فنکاری کی سطح پر ناول نگار ناول کے مروجہ لوازمات (ہیئت تیکنک وغیرہ) کو اپنے طور پر برتتا ہے اور منفرد تخلیقی قوت اور فنکارانہ بصیرت سے کام لے کر ہیئت تکنیک، موضوع اور اسلوب میں نت نئے تجربے کر کے ناول کے فنی امکانات کو وسیع سے وسیع تر کرتا ہے۔

دوسری جانب ناول نگار دانشوری کی سطح پر اپنے فن کے توسط سے موضوع یا موضوعات سے متعلق کردار یا واقعہ کے حوالے سے یا تو کچھ کہنے کی کوشش کرتا ہے یا پھر زندگی اور اس کی مختلف کروٹوں سے متعلق کہی ہوئی باتوں کے تناظر میں ان سے متعلق حقائق کیفیات اور حیات کی کچھ اس طرح نقاب کشائی کرتا ہے کہ قاری کو یہ فیصلہ کرنے میں دشواری نہیں ہوتی کہ جو حقیقت اس کے سامنے ہے خود اس کی حقیقت کیا ہے۔ فن کی تخلیق میں خصوصاً ناول کی تخلیق میں فنکاری کے ساتھ دانشوری کو بھی وقار و معیار کے ساتھ برتنا ہر کس و ناکس کے بس کی بات نہیں۔ فنکارانہ رچاؤ تو کوئی بھی شخص مشق اور مطالعے کے ذریعے پیدا کر سکتا ہے لیکن دانشورانہ رچاؤ کے لئے ایک مخصوص ذہنی ساخت کی ضرورت ہوتی ہے جو شاعری میں صرف غالب اور اقبال کے ہاں نظر آتی ہے لیکن فکشن میں قرۃ العین حیدر ہی ہیں جن ہاں فنکاری ہی نہیں دانشوری کی بھی اعلی ترین روایات ملتی ہیں۔ "آخر شب کے ہم سفر" متحدہ ہندوستان کی تہذیبی اور ثقافتی بنیادوں پر اس خطے میں رونما ہونے والے سیاسی اور ذہنی انقلابات کی دستاویز ہے۔ جس میں کہانی بنگال کی انتہا پسند اور انقلابی تحریک سے شروع ہوتی ہے۔ اور "بھارت چھوڑو آندولن" مطالعہ پاکستان اور تقسیم ملک کی منزلوں سے گذرتی ہوئی بنگلہ دیش کے قیام تک پہنچتی ہے۔ اس دوران ان کی کہانی مختلف موضوعات کی بنا پر ان گنت واقعات کو اپنے بہاؤ میں لے کر آگے بڑھتی ہے یہ واقعات اس خطے کی سیاسی کروٹوں کو بھی آشکار کرتے ہیں اور نئی اور پرانی تہذیبوں کے تصادم کو بھی۔ ان میں رومان اور محبت کی دھیمی دھیمی آنچ بھی ہے۔ اور وحشت اور بربریت کے گھناؤنے خنجر بھی۔ مثلاً دیپالی سرکار کا اپنے ہی گھر میں نقب لگانا سیاسی مقاصد کے لئے نواب قمر الزماں چودھری اور اس کے اہل خاندان کا قتل کماری امارائے کی ریحان الدین احمد کے لئے تڑپ اور کسک۔ یہ اور ان جیسے واقعات ناول

کو اس کے فن سے بڑی حد تک باندھے ہوئے رکھتے ہیں لیکن اس کا ہرگز یہ مطلب نہیں کہ "آخر شب کے ہم سفر" واقعاتی ناول ہے بلکہ اس ناول میں سب سے زیادہ نمایاں اس کے کردار اور ان کرداروں کے اسرار ہیں۔ مثلاً دیپالی سرکار ریحان الدین احمد، کماری اما رائے۔ رچرڈ بارلو۔ نواب قمر الزماں چودھری بھوتارنی دیوی، جہاں آرا، یاسمین، بلمونٹ وغیرہ ہر کردار اپنے اعمال اپنے نصب العین اور مزاج کی بنا پر ایک منفرد کردار قرار پاتا ہے۔ جو سکڑتا ہے تو خود قرۃ العین حیدر کے فکر و فلسفہ حوصلہ او جدوجہد، انسان دوستی اور حریت پسندی کی علامت بن جاتا ہے اور پھیلتا ہے تو پورے برصغیر کی سیاست، معیشت، تہذیب اور ثقافت کو سمیٹ لیتا ہے۔ مثال کے طور پر دیپالی سرکار ایک روایت پسند شریف ہندو خاندان کی فرد ہونے کے باوجود دہشت پسند تحریک میں شامل ہو جاتی ہے۔ اور اپنے مقصد کے حصول کے لئے خود اپنے ہی گھر کو لوٹ کر اپنا ہی اثاثہ تحریک کی نذر کر دیتی ہے۔ قرۃ العین حیدر نے اپنے افسانوں کی طرح اپنے ناولوں میں بھی مروجہ تیکنک کی خلاف ورزی کے باوجود فضا واقعہ کردار اور موضوع کو ایک ساتھ کچھ ایسے فنی رچاؤ کے ساتھ پیش کیا ہے کہ جہاں پر واقعہ اپنی پوری شدت کے ساتھ سامنے آتا ہے وہاں کردار دبتے ہوئے نظر نہیں آتے۔ اور جہاں پر کردار پورے ناول کے وقار کے امین نظر آتے ہیں وہاں واقعہ پس منظر میں نہیں چلے جاتے بلکہ واقعہ اور کردار دونوں ایک دوسرے سے تحریک پاکر اس مخصوص دانشورانہ فضا کو تشکیل دیتے ہیں جس پر قرۃ العین حیدر کا انحصار ہے۔ "آخر شب کے ہم سفر" پڑھتے ہوئے قدم قدم پر یہ محسوس ہوتا ہے کہ واقعہ کردار میں اور کردار واقعہ میں رنگ بھرتے ہوئے چلتے ہیں۔

اس کے بعد جن ناول نویسوں نے اردو ناول نویسی میں شہرت حاصل کی ان میں جو گیندر پال، انور سجاد، درجہ اولیٰ کے مالک ہیں۔ حال ہی کی عمدہ مثال "فراد" "خضر میانی"

"نادید" اور بیانات جو گندر پال کی ناولیں ہیں جو دیگر بیانیہ ناول سے مختلف علامتی کردار کے مالک ہیں۔ وہ اپنے ناول میں تین اہم کردار کے ذریعہ پیش کی ہے جو ذہنی بیداری ہی نہیں مادی سماجی معیار پر وہ تین طاقتیں ہیں جو آپسی طور پر ٹکرا جانے والا ہے۔ ایک طرف سائنس ٹکنالوجی کی عطا کی ہوئی میکانکی اور بناوٹی تہذیب ہے جو ناول کا کردار دلیپ کی بنجر زمین ہو گئی ہے تو دوسری جانب آرٹ ادب اور دیگر تخلیقی کارنامے جس میں آج بھی انسانی قدر اور جذبہ نمایاں نظر آتا ہے۔ اس تخلیق میں فنکارانہ بصیرت اس کی شناخت ہے اور اس ناول کی ہیروئن بذات خود زندگی ہیں "نادید" بھی کچھ ایسی نوعیت کی چیز ہے۔ آپ دیکھیں گے کہ ظاہری طور پر یہ چند نابیناؤں کی داستان ہے مگر جب آپ اس ناول میں اتر کر غائر مطالعہ کرتے ہیں تو معلوم ہو گا کچھ نابینا بصیرت والوں سے زیادہ وسعت نظر رکھتے ہیں۔

جو گندر پال کو عوام کی طاقت و دانائی پر بہت بھروسہ ہے وہ عام انسانوں کی دگرگوں حالت دیکھ کر پریشان رہتے ہیں۔ ناول کی فنی اور جمالیاتی وقار کا سبب زبان و بیان کا خوش نما استعمال ہے۔ اس ذریعہ سے جو گندر پال اپنے کرداروں کے روحانی تجربات میں قاری اور خود کو بھی شامل کرتے ہیں وہ اپنے ناولوں میں انسانی صورت حال میں معنی کی نئی سمتوں کی جستجو کرتے ہیں۔

خوشیوں کا باغ اور جنم انوروپ انور سجاد کا ناول ہے وہ اپنے ناولوں میں اختیار کی روایت سے گزیر کر کے ناول کے فن کو شاعری اور مصوری کے سانچے میں ڈھالنے کی کوشش کی ہے۔ اس اعتبار سے اردو ناول نویسی میں ان دونوں کو تجرباتی ناول کہہ سکتے ہیں۔ حالانکہ قصہ یہ ہے کہ انور سجاد کا اسلوب منفرد ہے عہد مقام اور کہانی کی ٹوٹ پھوٹ ان کے افسانوں کی طرح ان کے ناولوں میں بھی عیاں ہے۔ اس بات کی طرف

صراحت شمیم حنفی اور دیگر عہد حاضر کے بڑے بڑے نقادوں نے کی ہے۔ اب سوال پیدا ہوتا ہے کہ انور سجاد کا تعلق ترقی پسند تحریک سے رہا ہے یا نہیں۔ مجھے اس بحث سے مطلب نہیں مگر ایک بات ضرور ہے کہ انور سجاد ایک نرم دل انسان تھے وہ عام لوگوں سے محبت رکھتے تھے۔ وہ انسانی فلاح و بہبودی کے لئے سماجی اور سیاسی دونوں اعتبار سے اپنے آپ کو لگائے رکھتے ہیں۔ اس بات کی تصدیق مجھے ان کی ناول نگاری سے ہوئی ہے۔ اس میدان پر وہ اپنے ہم عصروں سے اعلیٰ و بالا ہیں۔ وہ حالات حاضرہ کے بگڑے ہوئے سیاسی سماجی حالات ظلم و ستم زور زبردستی کئے جانے والی عوامل استحصال شیطانیت اور حیوانیت کے حلاف ببانگ دہل آواز بلند کرتے ہیں۔ ان کا نثری اسلوب اتنا شاندار اور دل کش ہے کہ وہ اپنے اظہار خیال کے غرض وغائت مقاصد فکر نظر وہ کیا چاہتے ہیں اس کو اپنے قارئین تک پہنچا سکتے ہیں مگر حیف کہ وہ حد درجہ الجھے ہوئے اور تجرباتی تکنیک قلم بند کر کے اس مقصد میں کامیاب نہیں ہوئے جس کا ذکر اوپر کیا گیا۔ ان کے ناولوں کا مطالعہ کر کے اس کو سمجھنا عام لوگوں کے بس کا روگ نہیں ہے۔ ایک گریجویٹ قاری جزوی طور پر سمجھ سکتا ہے مگر وہ بھی مرعوب ہو کر رہ جاتا ہے۔ دراصل انور سجاد جس الجھے ہوئے اور پیچیدہ مسائل کو اپنے ناولوں میں پیش کرنا چاہتے ہیں اسے کمال فن نہیں کہتے۔ اپنی بات کو کہنے کے لئے الجھے ہوئے تکنیک کا سہارا لے یہ کمال نہیں بلکہ وہ ایسا تکنیک اپنائے کہ عام قاری ان کے مرکزی خیال کو سمجھ سکے۔ اور تنقید و تبصرہ کر سکے۔

اردو میں بیشتر تاریخی ناول قدیم اور پرانے رسم و رواج پر مبنی لکھی گئی ہیں جس میں نقطہ نگاہ کو بہت دخل ہے۔ دراصل ابتدا میں تاریخی ناول کے ذریعہ مذہبی عقائد کی تبلیغ کی جاتی تھی اس کو عملی جامہ پہنانے کی غرض سے اردو ناول میں ہیرو ہیروئین کا تذکرہ نہیں ہونا تھا جس کے نتیجے میں تاریخی ناول کی ترقی نہیں ہوئی ترقی پسند ادیبوں نے اس

کے لئے بھی کافی جدوجہد کی۔ ان بزرگوں کا خیال تھا کہ تاریخی ناول قدیم سماجی تاریخ پر مبنی ہو اور قومی یکجہتی انسانی دوستی اخوت مروت اور بھائی چارگی کا ضامن بھی اس اعتبار سے قرۃ العین حیدر کا ناول "آگ کا دریا" کو تاریخی ناول کہہ سکتے ہیں۔ یہاں گذرے ہوئے زمانہ کا تہذیبی میراث اور فکری سرمایہ سے ان کا رشتہ کسی احیائی یا قدامت پسندانہ ذہنی رویہ کا ثبوت فراہم نہیں کرتا ہے بلکہ اس کے برخلاف وہ بیتے دنوں کی روشنی میں موجودہ زمانہ کو پرکھ کر سازگار اور خوشگوار بنانے کی کوشش کرتا ہے۔ اجتماعی طور پر ان کو اپنے ناول کا موضوع تاریخ بنانے کا مقصد جاگیردارانہ اور نا اہل طبقہ کے ظلم و ستم کے خلاف صدائے احتجاج کرنے اور انسان دوستی کو دعوت دینے کا ہے۔ ان تمام چیزوں کی تلاش انہوں نے متعدد تحریکوں اور فلسفوں کی روشنی میں اپنے مطالعہ و مشاہدہ کی بنیاد پر کی ہیں۔ یہی چیز ان کی ناول کو شہرت بخشتی ہے۔ قاضی عبد الستار اور عزیز احمد نے بھی اپنی تاریخی ناولوں میں زندگی کے وسیع تہذیبی اور انسانی رشتوں کو پیش کیا ہے۔ قاضی عبد الستار نے اپنے ناول "دارا شکوہ" میں ہند و پاک کی تاریخ کے ایک خاص چوراہے پر رک کر رہے مخالف طاقتوں کی صداقت پسندانہ مصوری کی ہے اور ثابت کیا ہے کہ عہدہ و حکومت حاصل کرنے کے لئے جو جنگ لڑی گئی ایسے موقع سے ترقی پسند ادیب ان دشمن انسانیت گروہ کی طاقت کو ختم کرنے کے لئے معرکہ آرا تھے۔ انہوں نے اپنے ناولوں میں تقسیم ہند سے پیدا شدہ پیچیدہ، اقتصادی، سیاسی، سماجی، معاشی، جغرافیائی اور ثقافتی مسائل کو خوبصورت انداز میں پیش کیا ہے۔

فی زمانہ "جب آنکھیں آہن پوش ہوئیں"۔ عزیز احمد کا ایک اہم ناول ہے۔ اس میں امیر تیمور کی سوانح حیات کو ایک کامیاب حکمراں کی جگہ ایک عام انسان کی طرح پیش کیا گیا ہے۔ اور یہ ثابت کرنے کی گئی کوشش کی ہے کہ ایک انسان جو بچپن سے جوانی تک

کا سفر طے کر کے ضعیفی کو پہنچ جاتا ہے اس وقت وہ انسان نرم دل سنجیدہ اور معلم اخلاق بن جاتا ہے۔ ساتھ ہی وہ اپنے بچپن اور جوانی کا تصور کرتے ہیں جس سے وہ ہمیشہ کے لئے محروم ہو چکے ہیں اس کے ساتھ ہی ناول نگار نے ان عوامی تہذیب و تمدن اور طاقتوں کی نشان دہی کی ہے جو قدیم ایشیا کی تاریخ کو نئی راہ دکھا رہی ہیں۔

آزادی کے بعد ہند و پاک میں معاشی سیاسی ادبی تعلیمی اور دیگر شعبوں میں تبدیلی رونما ہوئی خاص طور سے ادب کو اس سے کافی نقصان ہوا ظلم و ستم فسادات کے شکار لوگ ہجرت کے مصیبت و مسائل سے دوچار تھے یہ بہت نازک دور تھا۔ یا یوں کہا جائے کہ دستور زباں بندی تھی۔ بہر حال اس ہیجانی صورت حال نے عرصہ دراز تک ادیبوں کو ذہنی تعطل کا شکار بنائے رکھا۔ یعنی تحریری شکل میں اپنے ذہنی اظہار خیال سے محروم رہا۔ آخر کار ایک مدت کے بعد ناول لکھا گیا جو ایک فلسفیانہ اور فکری عمل تھا۔ جو انسانی زندگی کے پائیدار حقائق کی تفہیم کے لئے گہری سماجی بصیرت اور تجزیاتی قوت کا مطالعہ کرتا ہے۔ ناول نگار اسی وقت اچھا ناول نگار ہو سکتا ہے۔ جب وہ سماج میں رہنے والے انسان کے حالات و مسائل کا بغور مطالعہ کریں گے اس کا جائزہ لیں گے اس کے لئے مصنف کو اپنا قیمتی وقت عرصہ دراز تک لگانا پڑے گا۔ بہر حال میں آزادی کے بعد ناول نگاری سے متعلق بات کرنے کے حق میں ہوں جیسا کہ اوپر ذکر آچکا ہے کہ اس زمانہ میں عام لوگوں کے علاوہ ادیبوں کے ساتھ کیا دقت اور دشواریاں پیش آئیں کہ خاص طور سے ترقی پسند ادیب ایک موج خوں سے گذر گیا بعد ازاں حالات ساز گار ہوئے تو تخلیقی تحریک میں خوب ناول لکھے گئے انہیں دنوں ترقی پسند ادیبوں نے ہی ناولٹ کو خاص طور سے فروغ دیا۔ جیسا کہ مشہور ہے کہ مصروفیت کے ساتھ انسان کے پاس وقت کا فقدان ہو جاتا ہے۔ یہی حال اس زمانہ میں بھی ہوا۔ لوگ زیادہ سے زیادہ اپنے کاروبار اور ملازمت میں

مصروف رہنے لگے۔ ناول میں قصہ کردار اور سماج کے بڑے اور پیچیدہ مسائل کی بحث ہوتی ہے۔ اس کے بر عکس ناولٹ میں موضوع، مواد اور فضا موجود ہوتی ہے۔ اس چند نتیجہ خیز حقائق کو چند کرداروں کے توسط سے پلاٹ کو سنوارا جا سکتا ہے۔ ماحول اور فضا بنانے کے لئے جزئیات اور تفصیلات کی کسی قدر کم ضرورت ہوتی ہے۔ البتہ ہم یہ کہہ سکتے ہیں کہ ناولٹ افسانہ کے پھیلاؤ اور ناول کے اختصار کی درمیانی صورت ہے۔ اس میں عمل اور وحدت کا تاثر لازمی نہیں بلکہ قصہ کی وحدت اور گہرائی لازمی ہے تا کہ بنیادی باتیں جو کچھ مصنف کہنا چاہتا ہے وہ کہنے میں کامیاب ہو جائے۔ یہی وجہ ہے کہ ناول کے مقابلے میں ناولٹ کی تخلیق کے لئے تخلیقی اور تعمیری لیاقت کی ضرورت ہوتی ہے یہی خاص بات ہے کہ اس عہد میں ناولٹ کو اہم شہرت ملی اس مقصد کے تحت چند افسانہ نگاروں نے اپنی کہانیوں کو طول دینا شروع کیا۔ مثلاً "ایک چادر میلی سی " بیدی "دل کی دنیا" عصمت "چڑھتا سورج" یا خالی ہاتھ ابولا فضل صدیقی "ایک معمولی لڑکی" بلونت سنگھ " جگنو اور ستارے "جیلانی بانو "بے جڑ کے پودے" سہیل عظیم آبادی "ہاؤسنگ سوسائٹی" قرۃ العین حیدر "بیانات" جوگندر پال موصوف اپنے تخلیقی سفر کی اس منزل پر ہیں جہاں وہ منزل کو گرد ماننے اور غبار کو منزل بنتے ہوئے دیکھنے کا دعویٰ کر سکتے ہیں۔ ایک لمبی مسافت اور ایک منفرد تخلیقی وجود جس کی تشریح کرنا یا جس کے بارے میں کچھ کہنا یا لکھنا آسان بات نہیں رہی۔ تجربہ مشاہدہ، سانحہ، حادثہ، گرد و پیش کا فاصلہ، مکاں لا مکاں مچلتا ہوا ٹھہراؤ اور متحرک سکون، خیال اور بے خیالی اور ایسا ہی بہت کچھ اپنے کو بیک وقت آشکارا کرتا ہے تو جوگندر پال کے ناول کا ہیولیٰ قاری کے آنکھوں کے سامنے ابھرتا ہے مرئی اور غیر مرئی وجود اور عدم وجود ہونے یا نہ ہونے کی حالت کا تصور کرنا اور اسے صفحہ قرطاس پر ناول کی شکل میں اتارنا ہی جوگندر پال کا کارنامہ ہے۔ کبھی اس نے فقیری اور

پیری کو زندگی کا منتہائے مقصود مان لیا ہوگا اور یہ بھی جان لیا ہوگا کہ یہ درد، پستی، قلندری اور پھکڑپن کی زندگی کی رمزیت کی آخری حدوں کو چھوڑ کر ہی میسر آتا ہے بس یہ کہیں مستعار نہیں ملتا۔ اور اس عرفان کو جوگندر پال نے اپنی تخلیق کی اساس بنایا۔ جوگندر پال بلاشبہ ایک منفرد و مزاج اور صاف اسلوب ناول نگار ہیں اور اردو ناول کے آسمان پر ایک تابناک اور درخشندہ ستارہ بھی۔ جوگندر پال کو پڑھتے وقت قاری محسوس کرتا ہے کہ وہ ناول نگار کے ساتھ چلتا ہوا اس کو سنتا ہوا زندگی کی ایمائیت، رمزیت، اشاریت کو سمجھتا جا رہا ہے۔ وہ زندگی کی خوبصورتی اور بدصورتی دونوں کو اپنے سامنے عیاں کرتے ہوئے دیکھتا جا رہا ہے اور ایک ایسے شعور اور تحت الشعور کے کرشمے کا عرفان بھی حاصل کر رہا ہے جو اس کے اپنے اندر ہوتے ہوئے بھی اس پر منکشف نہیں تھا۔ جوگندر پال ناول لکھتا ہے، ناول بنتا ہے، داستاں بیان کرتا ہے اور ایک ایسی سحر انگیز فضا پیدا کرتا ہے جس میں صورت حال اور کردار ایک دوسرے میں تحلیل ہو کر ایک رمزیت زدہ کیفیت پیدا کر دیتے ہیں جوگندر پال کے ناولوں میں زندہ لوگ مردوں میں بدل جاتے ہیں۔ اور مردے لوگ زندہ ہو اٹھتے ہیں انسان حیوان میں تبدیل ہو جاتے ہیں اور حیوان انسان کا شعور اور لہجہ اختیار کر لیتے ہیں اور ناول کی کائنات ایک وجدان کے زیر اثر بڑا انوکھا رقص کرنے لگتی ہے۔ محویت جوگندر پال کے ناولوں کی جان ہے اور مسلسل سفر ان کی روح۔

ان کے علاوہ قاضی عبد الستار نے بھی جو چند ناولٹ تحریر کیے ہیں انہیں پڑھ کر معلوم ہوتا کہ اس دور کے ناولٹ فنی نقطۂ نگاہ سے ناول سے حد درجہ قریب دلکش اور دلچسپ ہی۔ ان کے کردار اور پلاٹ کی تعمیر اور کرداروں کی پیشکش ڈرامائی ہے۔ اس کے علاوہ حالات حاضرہ میں عام انسان سماجی زندگی میں جس کشمکش کے مراحل سے گذر رہے ہیں اس کی عکاسی اس عہد کے ناول کے بجائے ناولٹ میں زیادہ ہوتی ہے۔ قدیم نواب،

شرفا، سرمایہ دار طبقہ کا زوال صنفی انقلاب سے پید شدہ نتائج یعنی نئی بیداری عشق و محبت کے نئے تصور۔ جدید و قدیم خاندان یا رواج کا جھگڑا اونچ نیچ اور بڑے چھوٹوں کے مابین محبت کا فقدان انسانی جذبات اور فرماں برداریوں کی خرید و فروخت اور اس نوعیت کی اور بھی دیگر حقائق کی بے تعصب تصویریں اس عہد کے اردو ناولٹ میں نمایاں نظر آتے ہیں۔ یہ بات قابل ستائش ہے مگر دوسری طرف ایسے سنجیدہ اور اہم ناول تخلیق ہوئے ہیں جس میں موجودہ دور کے سماجی مسائل کی کشمکش عیاں نظر آرتی ہیں۔ مثلاً "معصومہ" عصمت چغتائی "سمن" رضیہ سجاد ظہیر "اپنی اپنی صلیب" صالحہ عابد حسین اور ایوان غزل۔ جیلانی بانو محتاج تعارف نہیں۔ جیلانی بانو خاتون ناول نگار ہیں اس میدان میں ان کی اپنی ایک شناخت ہے جس کی وجہ سے وہ جانی جاتی ہیں۔ انہوں نے اپنے ناول میں حیدر آبادی کی سرمایہ دارانہ نظام کے زوال کی کہانی تیکھے و تند احساس اور گہرے سماجی شعور کی روشنی میں قلم بند کیا ہے۔ وہ اس نظام میں ہونے والے ظلم و ستم کے خلاف صدائے احتجاج بلند کرتی ہیں۔ ساتھ ہی موصوفہ محنت کش دہقانوں کے باغی ذہن اور انقلابی طاقتوں کی وکالت کرتی ہیں جس کی گرج کڑک، شور، ہنگامہ، آزادی کے بعد سنائی دیتی ہے۔ اور درمیانہ طبقہ کی عورتوں کے بچپن، دوشیزگی، شباب کا دلچسپ افسانہ اپنے ناولوں میں پیش کیا ہے۔ مگر ان کا کردار "ایوان غزل" کی کائنات سے باہر کم دکھائی دیتا ہے اور جو باہر ہو جاتے ہیں وہ قیصر کی طرح لوٹتے نہیں ہیں کہ اپنے انقلابی لڑائی کی داستان سنا سکیں ناول میں کرداروں کی زیادتی کی وجہ سے کہانی پیچیدہ بھی ہو گئی ہے۔ اس کے بعد موصوفہ اپنے مطالع و مشاہدہ کو شش جہتی حکمت عملی، وسعت نظر، غیر معمولی فہم و ادراک، تجربہ، احساس وغیرہ کی بنیاد پر اردو ناول کو چاند اور غزل جیسے دو محبوب اور لازوال کردار خلوص و بے لوث محبت کے ساتھ فراہم کر دی ہیں۔

اس طرح اردو ناول کے پس منظر کے بارے میں کہا جا سکتا ہے کہ مجموعی طور پر یہ ترقی پسند نظریہ ادب اور زندگی سے قریب ہے۔ ہمیشہ سے یہ روایت چلی آرہی ہے۔ ہر دور میں بدلتی ہوئی زندگی کے رشتوں اور ہمت پر غور و فکر اور اس کی معنویت کی کھوج کا ولولہ اور جذبہ انسانی جبلت میں پہناں رہا ہے۔ اس وقت پریم چند تا کاہی طریقہ مستحکم طور پر رائج رہا ہے جو انسانی زندگی کو خوشگوار بنانے کے ساتھ ترقی کے راستہ پر گامزن کرتی ہے۔ یہی وجہ ہے کہ ایک اچھا ناول نگار اپنی حقیقی تجربات کے پیش نظر صداقت پر مبنی ناول نگاری کرتا ہے اور تاریخ کی صداقتوں کو سماج میں رہنے والے انسانی رشتوں سے جوڑ کر پیش کرتا ہے۔ سماجی زندگی میں جو جو مسائل رونما ہوتے ہیں اس میدان میں داخلی تجربہ ڈرامائی پیشکش اور علامتی اظہار و بیان کے جو تجربے قراۃ العین حیدر نے کیئے ہیں۔ وہ اظہر من الشمس ہیں اور ان کی یہی خصوصیت ان کو خاتون ناول نگاروں کا امام بنا دیتی ہے۔ اور سوال پیدا ہوتا ہے کہ موجودہ دور میں ترقی پسند ناول ہمارے سماجی مسائل پر مبنی ہے یا نہیں اور اس کے ذریعہ اس کا حل ممکن ہے یا نہیں اس کے بارے میں آپ کا ذہن مبذول کرنا چاہوں گا کہ بیسویں صدی کے چوتھے دہائی کے بعد اردو ناول کا موضوع شہری سماج ہو گیا ہے۔ جب کہ ہندوستان میں اسی فیصد لوگ دیہات میں بستے ہیں۔ وہ مزدور کسان، محنت کش اور معصوم ہیں۔ ان لوگوں کو بڑے بڑے مسائل حادثات و واقعات کا سامنا کرنا پڑتا ہے۔ وہ ایسے ایسے مراحل سے گذرتے ہیں جس کا ذکر آتے ہی کلیجہ تھام لینا پڑتا ہے ایسے لوگوں اور ان کو ناول کا موضوع بنانے سے محروم رکھا ہے۔ بہر حال جب ہم اردو ناول کے ارتقاء کے متعلق بات کریں گے تو معلوم ہو گا کہ فی زمانہ اردو ناول کا موضوع اعلی شہری سماج کا حلقہ بن گیا ہے اس کی وجہ یہ ہو سکتی ہے کہ اردو ناول نگاری میں ایسے ناول نگاروں کا فقدان ہے جو دیہات کے سماج سے واسطہ رکھتے ہوں۔

ویسے حالات حاضرہ میں معدود چند لوگوں نے دہقان اور اس کے احوال، دیہات اور دیہاتی ماحول پر مبنی ناول تخلیق کی ہے۔ مگر ان حضرات نے دیہات کے محنت کش طبقے کی زندگی کو ایک چشم دہقان سے نہیں بلکہ جاگیر دار یا درمیانی طبقہ کی نظر سے دیکھا ہے۔ اس لئے ان کی انسان دوستی محنت کش دہقان سے ان کی سچی محبت اور احساس قرابت کی جگہ ان کی حالت پر کرم یا درد مندی کے جذبات کی چغلخوری یا مخبری کرتی ہے۔ ان حضرات کے ناولوں میں غریب اور محنت کش انسانوں کی مظلومی کی تصویریں تو نظر آتی ہیں۔ مگر ظلم و ستم کے خلاف ان کی نفرت ان کا جذبہ بغاوت ان کی روح کا کرب و درد کا سراغ نہیں ملتا۔ بیسویں صدی میں بانو قدسیہ، خدیجہ مستور، ممتاز مفتی، بلونت سنگھ، ایم اسلم اور ابن سعید ویسے بڑے اور چھوٹے ناول نگاروں کا ایک قافلہ پیہم رواں دواں ہے۔ ان ناول نگاروں نے اپنے ناولوں میں تقسیم ہند سے پیدا ہونے والے پیچیدہ سیاسی، اقتصادی، سماجی، آپسی اختلاف نفاق معاشی بدحالی سماجی نابرابری، بے مروتی، ناانصافی، جبر و ظلم اور جاگیر دارانہ ظلم و استحصال اور جغرافیائی اور ثقافتی و ادبی مسائل پر مبنی ناول تخلیق کیئے۔ تقسیم ہند کے بعد کے بڑے ناول نگاروں نے اس عہد کے حالات کو بڑی فنکاری کے ساتھ قلم بند کیا ہے جہاں وہ لوگ اقدار کے زوال و انہدام کے نوحہ گری کرتے ہوئے دکھائی دیتے ہیں۔ جتندر بلّو، ہرچرن چاولہ، انور خان وغیرہ نے انسانی تضادات، شدید رد عمل ہجرتوں کا سلسلہ اور ان سے متعلقہ معاملات و حالات اور مسائل کو اپنے ناولوں کا موضوع بنایا ہے۔ اسی عہد میں بلونت سنگھ، کے ناول شہری عامیانہ پن کے زد کا شکار رہی ہیں۔ جمیلہ ہاشمی،، مستنصر حسین تارڑ کے ناولوں میں دیہات اور شہر کی دوئی اور باہمی ترسیل کا بحران ہے۔ سید محمد اشرف کے ناول میں ثقافتی اداروں کے زوال و انتشار اور انسانی غم و الم افسردگی اور حرماں نصیبی رقص کرتی ہیں۔ جیلانی بانو کے ناولوں

میں متعدد قسم کے مرد و عورت کے کردار ملتے ہیں اور دبی زبان میں جنسی معاملات اور عاشقانہ واردات کا تفصیل و تشریح دکھائی دیتے ہیں۔ ساجدہ زیدی کھلے انداز میں غیر روایتی جنسی رشتوں کی پیش کش کرتی ہیں۔ ریوتی سرن شرما کے ناول کی عورت جہاں رشتہ ازدواج کی حدود کے اندر رہنے کے باوجود اپنی انفرادی شناخت کا حق مانگتی ہے۔ اس کے علاوہ بیسویں صدی کو الوداع کہہ کر اکیسویں صدی کو خیر مقدم کرنے والے ناول نگاروں میں نئے اور پرانے چراغوں کا متحرک اور فعال قافلہ ہے جو پیہم ہر گام اپنے منزل مقصود کی جانب رواں دواں ہے جس میں مظہر الزماں، کوثر مظہری، فہمیدہ ریاض اقبال مجید، انور سجاد، عمر اؤ طارق، احمد داؤد، آغا سہیل، فخر زمان، طارق محمود، خالد سہیل، شام بارک پوری، محسن علی، یعقوب یاور، پروفیسر محمد حسن،، الیاس احمد گدی، غضنفر، گیان سنگھ شاطر، احمد صغیر، وبھوتی نرائن، شام سندر آنند وغیرہ قابل ذکر ہیں۔

جس میں مصنف الیاس احمد گدی نے صوبہ بہار کے شہر "جھریا" کے ایک چھوٹے سے علاقے کو اپنی نگاہ میں رکھا ہے۔ ناول میں "فائر ایریا" کو بلیغ اشاریہ کے طور پر استعمال کیا گیا ہے۔ اس میں صنعتی ترقی کے ساتھ ساتھ صنعتی نظام نے استحصال کی جو شکلیں اختیار کیں ہیں اس کی روداد پیش کی گئی ہے۔ یہ کہا جائے تو غلط نہ ہو گا کہ جس طرح الیاس احمد گدی کا ناول ہم عصر صنعتی ترقی کے در پردہ اس مکروہ استحصالی نظام کا مرقع ہے جو طبقاتی معاشرے کا لازمی وصف ہے اور جو اس بات کی بھی غمازی کرتا ہے کہ جاگیر دارانہ عہد اور انگریزوں کی غلامی سے نجات کا دعویٰ اور صنعتی ترقی کی چمک دمک اس طبقے کے لیے بے سود و بے معنی ہیں۔ "فائر ایریا" کا موضوع ایک مسلسل ناانصافی اور ایک مسلسل استحصال ہے جسے مصنف نے بچپن سے جوانی تک اپنے آس پاس مسلسل دیکھا تھا۔ وہ جانتے تھے کہ کول فیلڈ کی اپنی ایک الگ دنیا ہوتی ہے، استحصال کا کرب

مزدوروں کے ذہن پر اثر انداز ہوتا ہے لیکن وہ گھٹ گھٹ کر زندگی کا زہر پینے پر مجبور ہوتے ہیں۔ حق کی آواز بلند ہوتی ہے لیکن وہ اتنی بے رحمی سے دبا دی جاتی ہے کہ رونگٹے کھڑے ہو جاتے ہیں۔ بھوک، مجبوری، لاچاری، بے بسی، غریبی، اور ظلم کا ننگا ناچ روز مرہ کی زندگی کا ایک حصہ بن جاتا ہے۔ الیاس احمد گدی نے اپنے ناول میں اس ماحول کی تصویر پیش کرتے ہوئے جس عمیق تجربے اور مشاہدے کو بروئے کار لاتے ہیں اس کو دیکھ کر محسوس ہوتا ہے کہ اس ناول کو لکھنے کا حق صرف اور صرف انہیں ہی حاصل تھا۔ "فائر ایریا" کا محور جس صنعتی و سرمایہ دارانہ نظام پر مبنی ہے وہاں کے مزدور سیکٹر کے ٹریڈ یونین کی سیاست کی مختلف شکلیں، اس کے مختلف رخ، جس مہارت کے ساتھ پیش کیے گئے ہیں وہ قابل تعریف ہے الیاس احمد گدی نے ناول کے فن کا گہرائی کے ساتھ مطالعہ کیا تھا، وہ اس فن کی بوطیقا کو بہت اچھی طرح سمجھ چکے تھے اس خوبی سے کہ فائر ایریا لکھتے ہوئے وہ اس فن کے کسی حصے پر اپنی گرفت ڈھیلی نہیں کرتے۔ پلاٹ سے کردار نگاری تک اور نظریاتی شعور سے اسلوب بیان تک ہر مرحلہ انہوں نے بے حد فنکاری کے ساتھ طے کیا ہے اور فنی جمالیات کی قدروں سے کہیں بھی روگردانی نہیں کی ہے ایک سچے فنکار کی طرح ان کا خمیر ان کے ارد گرد کی حقیقتوں سے تشکیل پاتا تھا اس لئے ان کے یہاں حقیقت پسندی نظریاتی ہے اور ان کے الفاظ طبقاتی احساس و شعور سے لبریز ہونے کے باوجود پڑھنے والے پر معروضی تاثر چھوڑتے ہیں۔ "فائر ایریا" کے بعض واقعات مثلاً مجمدار کے قتل کی پلاننگ اور مجمدار کی موت کے بعد ایک جاہل اور گنوار عورت کا جلوس کے ساتھ ساتھ قاتلوں کو پھانسی دینے کا نعرہ لگانے وغیرہ کو بعض حضرات فلمی انداز کا عیب قرار دیتے ہیں۔ یہاں تک کہ محترم وہاب اشرفی جیسے ناقد نے بھی اسے میلوڈرامائی کیفیت سے تعبیر کیا ہے۔ اس سے انکار نہیں کیا جا سکتا کہ واقعی فائر ایریا کے کچھ واقعات

خاص کر قتل وخون اور جلسہ و جلوس کے مناظر انتہائی میلوڈرامائی اور ایکدم فلمی انداز لئے ہوئے ہیں لیکن اسے تخیل کی دین سمجھ کر فلمی اور غیر اصلی سمجھ لینا صحیح نہیں کیوں کہ کول فیلڈ میں رہنے والے جانتے ہیں کہ وہ ایسی جگہ ہے جہاں ایسے واقعات دن رات پیش آتے رہتے ہیں۔ عورتوں کا جھنڈا لے کر جلوس میں شامل ہونا ایک عام بات ہے۔ جبر اور استحصال سے قطع نظر بالکل آمنے سامنے صف آرا ہونے کی کیفیت وہاں موجود ہے دوسرے یہ کہ ہماری زندگی پر آج میڈیا کا بے پناہ اثر بالکل واضح ہو گیا ہے اس لئے تخلیقی ادب کو میلوڈرامائی کیفیتوں سے نزدیک رکھنے کو عیب کے بجائے خوبی میں شمار کرنا چاہئے۔ ایسے چند گنے چنے لوگوں میں الیاس صاحب کو آسانی سے رکھا جا سکتا ہے۔ ایسا اس لیے بھی کہ الیاس کہانی کہنے کے فن سے واقف ہیں اور انہیں ماجرا سازی کا ہنر آتا ہے۔ کچھ برس پہلے ہندی کے مشہور کتھاکار سنجیو کا ایک ناول شائع ہوا تھا۔ ساودھان! نیچے آگ ہے ،۔۔۔یہ ناول فائر ایریا یعنی کول فیلڈ میں کام کرنے والے ان مزدوروں کی زندگی پر مبنی تھا جو اندر دہک رہی آگ کی بھٹی میں اپنے حال اور مستقبل کو فراموش کر بیٹھتے ہیں۔ تب خیال آیا تھا یہ ناول غیاث صاحب نے کیوں نہیں لکھا؟ یا اس موضوع پر الیاس صاحب نے قلم کیوں نہیں اٹھایا جب کہ ان کا تعلق اسی فائر ایریا سے ہے۔ جہاں اکثر مزدوروں کی زندگی کا سودا ہوتا رہتا ہے۔ اس لحاظ سے میں الیاس احمد گدی کو مبارک باد پیش کرتا ہوں کہ اس بہانے انہوں نے کولیری کی اس دنیا میں جھانکنے کی کوشش کی ہے، جہاں گھٹن ہے، گھپ اندھیرا ہے، کھولتے ہوئے گرم لاوے ہیں۔۔۔ اندر آگ ہے اور اس آگ میں گندن کی طرح پیتا ہوا مزدور ہے۔ الیاس نے اس ناول میں کہیں شاعری نہیں کی ہے۔ ماحول ویسا ہی پیش کیا ہے جیسا کولیری کا ہونا چاہئے کرداروں کے مکالمے ویسے ہی رہنے دیے ہیں جیسا کہ وہ بولتے ہیں۔ علاقائی زبان کے علاوہ بہار کی دوسری بول ٹھولی پر

بھی الیاس کی گرفت مضبوط ہے۔ صاف ظاہر ہوتا ہے کہ فائر ایریا کی تخلیق وہ شخص کر رہا ہے جو بہار کے جغرافیائی حدود، زبان، ماحول اور کلچر سے بخوبی واقف ہے۔ اس واقفیت نے فائر ایریا کو ایک عمدہ اور کامیاب ناول بنا دیا ہے یہ مکمل طور پر ریسرچ کا موضوع تھا ایسے ناول کی تخلیق ہوا میں ممکن نہیں تھی۔

اردو میں آج بچوں کا ادب لکھنے والا کوئی نہیں۔ یہ انتہائی افسوس کی بات ہے۔ بڑے ادیب بچوں کے لیے لکھنا کسر شان سمجھتے ہیں۔ جبکہ حقیقت یہ ہے کہ بچوں کے لیے لکھنا انتہائی ذمہ داری کا اور مشکل کام ہے۔ کہانی انکل کی کہانی بچوں کے گرد گھومتی ہے ایک کہانی انکل ہیں جو کہانیاں سناتے ہیں اور ڈھیر سارے بچے ہیں جو کہانی انکل کو ہر وقت گھیرے رہتے ہیں۔ غضنفر کا اپنا ایک منفرد اسلوب۔ اور یہ نیا ڈکشن یا اسلوب اس ناول میں بھی نظر آتا ہے یعنی ایسا انوکھا ڈکشن، جس سے بچے اور بڑے دونوں ہی لطف اندوز ہو سکیں اور کہنا چاہیے غضنفر اپنے اس ڈکشن کی دریافت میں کامیاب ہیں۔ ہاں ایک بات ضرور ہے کہ کہانی انکل ناول ہے نہیں، ناول بنایا گیا ہے۔ اور اس کے لیے بس تھوڑی سی مغزماری کی گئی ہے۔ یعنی کہانی والے انکل اور بچوں کا سہار لیا گیا ہے۔ اس کی زیادہ تر کہانیاں پہلے ہی رسائل و جرائد میں چھپ چکی ہیں ہاں حیرت والی کہانی کا ایک حصہ وکٹر ہیو گو کے مشہور ناول Less miserable کی یاد دلاتا ہے خاص کر یہ حصہ۔ اندھا دیکھ رہا تھا، آنکھ والا ٹھوکر کھا رہا تھا لنگڑا دوڑ رہا تھا Less Miserable کا پادری جب اندھوں کی نگری میں پہنچتا ہے تو اس کے ساتھ کم و بیش یہی واقعہ پیش آتا ہے۔

ادب، ادب ہوتا ہے۔ ادب میں کشف و کرامت اور معجزے جیسی کوئی چیز نہیں ہوتی۔ مگر جب کبھی گیان سنگھ شاطر جیسی حیرت زدہ کر دینے والی کوئی کتاب سامنے آتی ہے تو اس اکیسویں صدی میں بھی معجزے کا قائل ہونا پڑتا ہے۔ یہ ایک سوانحی ناول ہے

اور اسے قلم بند کرنے والا فن کار وہ ہے جس نے اپنی شخصیت کی پرتیں کھولنے کے لیے اس زبان کا انتخاب کیا، جس زبان سے وہ خود بھی انجان تھا لیکن وہ محسوس کرتا تھا کہ جذبات و احساسات کے اظہار کے لئے اردو سے بہتر کوئی دوسرا وسیلہ نہیں۔ حقیقت شناسی کی جس سڑاندھ سے وہ اپنی ذات کے موتی لٹانا چاہتا تھا اس کیلئے صحیح معنوں میں اردو زبان کی Flexibility کی ضرورت تھی۔ اس زبان کی رعنائی، دلکشی، شیرینی، روانی، لطافت اس آپ بیتی کو بھرپور صحت اور زندگی بخش سکتا تھا۔ گیان سنگھ شاطر ایک تو سب سے بڑی خوبی مجھے یہ نظر آتی ہے، آنکھیں کھولتے ہی یہ اپنی ذات کے تعاقب میں نکل پڑا۔ اور ایسا لکھا کہ آپ کبھی بھی واقعہ کی حقیقت سے انکار نہیں کرسکتے۔ ایک فن پارہ کی اس سے زیادہ کامیابی اور کیا ہوگی؟۔ یہ کتاب صرف آپ بیتی تک محدود نہیں ہے شاطر نے اس میں ایک پورا جہان آباد کر رکھا ہے جانا پہچانا بھی اور ان دیکھا سا بھی ایک ماں ہے۔ شفقتوں والی ماں۔۔۔ بیٹے پر اپنی دعاؤں کا سایہ کرنے والی ماں۔۔۔ اپنے شوہر کے سائے سے ڈر جانے والی ماں۔۔۔ اندر ہی اندر ٹوٹ ٹوٹ کر بکھرنے والی ماں، روایتی زنجیروں میں جکڑی ڈری ڈری سی خوفزدہ سی ماں۔۔۔ ایک تایا بھی ہیں جو عورت کی عظمت کے قائل ہیں انتہائی فیاض، بردبار، ایک ایسا انسان جو کسی کا بھی آئیڈیل ہو سکتا ہے۔ اور ایک بھائیا جی جو انسانوں سے حیوانوں جیسا اور حیوانوں سے درندوں جیسا سلوک کرتے تھے۔۔۔ تایا جہاں عورت کو تخلیق کا سرچشمہ سمجھتے تھے اور کہتے تھے کہ عورت ہی سرشٹی ہے، وہیں بھائیا جی کی رائے بالکل مختلف ہے وہ کہتے تھے۔۔۔ "عورت اور کتیا کی نفسیات ایک سی ہے۔۔ اسے روٹی کپڑا نہ دو اس چڑے سے لپٹے رہو اور تھن چوستے رہو۔ یہی اس کی زندگی ہے اور یہی آسودگی۔" یہ دو غیر معمولی کردار ایسے ہیں، جو اردو ادب کی تاریخ میں اضافہ تو ہیں ہی شاطر کا مقام متعین کرنے میں بھی مدد دیتے ہیں۔ عجیب و

غریب کردار تایا جی جہاں ایک آئیڈیل کے طور پر دل و دماغ کے گوشہ میں اپنی جگہ محفوظ کرتے ہیں، وہیں بھائیا جی کی عورتوں کے بارے میں سوچ، بھائیا جی کی گفتگو، ان کا لب ولہجہ۔۔۔ اگر منٹو کے بارے میں کہا جائے کہ اس نے صرف ٹوبہ ٹیک سنگھ دیا ہوتا تب بھی اردو ادب ان کا احسان مند ہوتا۔۔۔ یہی بات ان کرداروں کے حوالے سے کہی جاسکتی ہے ایسے ناقابل فراموش کردار سے گیان سنگھ شاطر اردو زبان کا دامن وسیع کر گئے ہیں۔ ایک طرف جہاں یہ انوکھے کردار ہیں اور شاطر کا بچپن ہے اس کا نسائی حس ہے ،اس کی جوانی ہے، جوانی کی ترنگیں ہیں، سرمستیاں ہیں اور مجبوریاں ہیں، وہیں سرزمین پنجاب میں اگی ہوئی وہ حیرانیاں ہیں، جنہیں دیکھنے کی تاب رکھنے والی آنکھیں ہونی چاہئیں اور جسے اپنی مخصوص انداز بیان میں، شاطر نے انوکھا پنجاب بنا دیا ہے۔ بیدی نے اپنے کہانیوں میں جس پنجاب کا چھلکا بھرا تھا، بلونت سنگھ نے جس کی گودے میں پنجابی مردوں کی آن، بان اور شان دیکھنے کی جرأت کی تھی، شاطر نے اس پورے پنجاب کو تہہ در تہہ اس طرح کھول دیا ہے کہ آنکھیں ششدر رہ جاتی ہیں۔

وبھوتی نارائن رائے کا نام اردو حلقے میں کسی تعارف کا محتاج نہیں ہے۔ اگر چہ وہ پولیس کے اعلی افسر ہیں۔ لیکن بطور ہندی ادیب ان کی شناخت بڑی مستحکم اور معتبر ہے "شہر میں کرفیو" اس کی تازہ ترین پیشکش ہے۔ اس سے وبھوتی نرائن رائے کی ایک نہایت اہم تحقیقی کتاب "فرقہ وارانہ فسادات اور ہندوستانی پولیس" منظر عام پر آچکی ہے، جسے اردو حلقوں میں عیر معمولی پذیرائی حاصل ہوئی۔ "شہر میں کرفیو" کی اشاعت سب سے پہلے 1987ء میں ہندی زبان میں ہوئی تھی۔ اس کے بعد ہندوستان کی اہم زبانوں میں اس کے تراجم شائع ہوئے۔ انگریزی میں بھی اس کا ایڈیشن منظر عام پر آیا۔ اردو میں کئی اخبارات ورسائل نے اس ناول کے بعض حصے قسطوں میں میں شائع کیئے لیکن اب اردو

میں اس کی اشاعت بھی ہو گئی ہے۔ انہوں نے خود نوشت کے طور پر جن حقائق سے پردہ اٹھایا ہے، انھیں پڑھ کر بخوبی اندازہ ہوتا ہے کہ مصنف بنیادی طور پر ایک انسان دوست شخصیت ہیں اسی لیے انھوں نے خود فرقہ وارانہ فسادات کے دوران اپنے محکمے کے تعصبات، پیشہ ورانہ خامیوں اور جبر کو اجاگر کرنے میں کسی پس و پیش سے کام نہیں لیا۔ وبھوتی نارائن رائے نے اس ناول کی تخلیق کا پس منظر یوں بیان کیا ہے۔

"شہر میں کرفیو ایک مختصر ناول ہے مگر اس کو ضبط تحریر میں لاتے وقت مجھے بڑی پریشانیوں سے گزرنا پڑا۔ اس کے بہت سے کردار اور واقعات الہ آباد شہر کے ایک چھوٹے سے مضافاتی محلے سے تعلق رکھتے ہیں۔ 1980ء کے فسادات کے دوران میں ان لوگوں اور ان کے محلے سے وقف ہوا تھا ان کا دکھ اتنا شدید تھا کہ اس کو لفظوں میں بیان کرنا میرے لیے ممکن نہیں تھا۔ پھر بھی مجھے بار بار یہ محسوس ہوا کہ اس کے اظہار کے لیے مناسب الفاظ میرے ذہن سے پھسلتے جا رہے ہیں۔ میں نے جو کچھ دیکھا اور محسوس کیا تھا، اس کو لفظوں میں بیان کرنے سے قاصر ہوں۔ بلاشبہ یہ بات کہی جا سکتی ہے کہ زبان افکار کا ناقص متبادل ہے۔ اگر یہ کتاب ایک بھی قاری کو سعیدہ اور دیوی لال کا دکھ محسوس کرنے کا اہل بنتی ہے یا کسی ایسی دنیا کا خواب دیکھنے کی تحریک دیتی ہے جس میں کوئی فساد برپا نہ ہوتا ہو یا اس کے ذریعہ فساد برپا کرنے والے عناصر کے لیے شدید نفرت پیدا ہوتی ہے تو سمجھوں گا کہ میری کوشش رائیگاں نہیں گئی"۔

اس شہرہ آفاق ناول میں سماج کے ایک ایسے طبقے کے درد اور کرب کو زبان دی گئی ہے، جسے تعصب اور تنگ نظری نے ہمیشہ دبائے رکھا۔ یہ ناول کرفیو کے دوران سماج کے کمزور اور بے بس لوگوں کی لاچاری اور مجبوری کا ایسا دلدوز منظر پیش کرتا ہے، جسے پڑھ کر رونگٹے کھڑے ہو جاتے ہیں۔ اس ناول میں فساد بھڑکانے اور اس کا سیاسی استحصال کر

نے والے عناصر کو پوری جرأت اور بے باکی کے ساتھ بے نقاب کیا گیا ہے۔ فساد کے دوران امن قائم کرنے کے نام پر پولیس فورس، مظلومین کے ساتھ جبر و استبداد اور تعصب کا جو سلوک روا رکھتی ہے اسے خود اسی محکمے کے ایک اعلی افسر نے فکشن کی زبان میں بڑی چابک دستی اور روانی کے ساتھ بیان کیا ہے۔ اس لیے ناول کی اہمیت دوچند ہو گئی ہے۔ وبھوتی نارائن رائے نے ہندوستانی پولیس کی کارکردگی اور ہندو مسلم فسادات میں پولیس کے رول سے اپنے عملی اور براہ راست واقفیت کے باعث اس ناول کو ایک واضح دستاویزی بنیاد بھی عطا کی ہے۔ ان کا مشاہدہ بہت دوٹوک، کھرا اور پھیلا ہوا ہے۔ ہندو مسلم فسادات جیسے آتش فشاں اور پیچیدہ موضوع پر "شہر میں کرفیو" کی قسم کا ناول لکھنا آسان نہیں ہے۔ وبھوتی نارائن رائے نے اس ناول میں فکشن نگار کے ساتھ ساتھ ایک مشاہد ایک سماجی مبصر کے رول بھی ادا کے ہیں اور اپنے ہر رول میں وہ کامیاب ہوئے ہیں۔ ان کی اس تخلیق کا خطاب صرف ادب کے قاری نہیں ہیں انھوں نے ہمارے زمانے کی معاشرت، سیاست اور سماجی اجتماعی زندگی کی قیادت کرنے والے ان تمام لوگوں سے مکالمہ کیا ہے جن کے ہونے سے یہ زندگی داغدار دکھائی دیتی ہے چنانچہ یہ چھوٹی سی کہانی ایک آئینہ بھی ہے۔ جس کی اپنی سطح تو بہت شفاف ہے، لیکن اس سطح سے جھانکتے ہوئے عکس کو یکھ کر دل ڈوبنے لگتا ہے۔

شام سندر آنند (قلمی نام آنند لہر) ان کی اب تک "انحراف" اور تین ناول "سرحد کے اس پار" "سرحدوں کے بیچ" اور "مجھ سے کہا ہوتا" خصوصیت سے قابل ذکر ہیں۔ زیر تبصرہ ان کا چوتھا ناول ہے اس کی تخلیقی فضا سر زمین کشمیر پر 1947ء سے 1996ء تک رونما ہونے والی درد بھری داستان سے تیار کی گئی ہے۔ آنند لہر کے دوسرے ناولوں سے بھی کشمیر کے متعلق ان کے درمند دل کی غمازی ہوتی ہے اس ناول میں قبائلیوں اور

پٹھانوں کے ذریعے وادی کشمیر کی مجروح ہوتی ہوئی فرقہ وارانہ ہم آہنگی کو موضوع بنایا گیا ہے۔ یہاں پوجا اور نماز دونوں کو یکساں اہمیت حاصل ہے اور ہندو مسلم دونوں ایک دوسرے کے غم میں برابر کے شریک ہیں۔ اس ناول کا سب سے اہم واقعہ مندر سے شنکھ کا چوری ہو جانا ہے جس سے مندر کا پجاری بدری غیر معمولی طور پر متاثر ہوتا ہے اور بالآخر وہ ایک ٹرنینگ کیمپ میں پناہ لینے پر مجبور ہو جاتا ہے۔ اس کا دوسرا اہم حصہ وہ ہے جہاں سلیمان کو فرقہ وارانہ ہم آہنگی برقرار رکھنے کی پاداش میں قتل کر دیا جاتا ہے نیز ظلم کے خلاف احتجاج کرنے والی اس کی بیوی ساجدہ کو بھی موت کے گھاٹ اتار دیا جاتا ہے اس کے بعد اس کی بیٹی نجمہ کی عزت بھی محفوظ نہیں رہتی۔ اس ناول کو فنی اعتبار سے پرکھنے کی بجائے ناول نگار کے اس ذہنی رویے کو دیکھنے کی ضرورت ہے جس کی بنا پر یہ ناول وجود میں آیا فنکار نے اس ناول کے ذریعہ یہ پیغام دینے کی کوشش کی ہے کہ فکر و عمل سے اس دنیا کو بہتر بنایا جا سکتا ہے اس کا جذبہ یقیناً قابل قدر ہے۔ چنانچہ موضوعی اعتبار سے یہ ناول اپنے اندر بڑی کشش رکھتا ہے۔

پچھلے کچھ دنوں سے جدید ذہن کے کئی ناول نگاروں نے اپنی اپنی دلچسپی کے تحت منتخب موضوعات پر ناول نویسی کر کے اردو ناول کے دائرہ کو وسیع سے وسیع تر کرنے کی سعی کی ہے جن میں عبد الصمد، حسین الحق، مشرف عالم ذوقی، پیغام آفاقی، علی امام نقوی، کشمیری لال ذاکر، شموئل احمد، شبرّ امام، تنویر جہاں، علی امام نقوی، اور محمد علیم وغیرہ کے نام قابل ذکر ہیں۔ علی امام نقوی بہت اچھی نثر لکھتے ہیں۔ حالانکہ ان کے کچھ ناولوں کو پڑھ کر یہ تاثر فوری طور پر نہیں ابھرتا۔ کیونکہ ان کی اکثر ناولوں میں مقامی بولی کا عنصر نمایاں ہوتا ہے۔ ناول کے نثر کی ایک خوبی یہ بھی ہے کہ اس کے مکالموں میں مقامی رنگ

بے روک ٹوک آ سکے۔ وہ بمبئ کے باہر کے عام متوسط طبقے اور نچلے طبقے کی زندگی اور معاشرت کی بھی بڑی عمدہ عکاسی کرتے ہیں رسم ورواج اور مختلف طبقوں کی اصطلاحات کا حال پڑھ کر اندازہ ہوتا ہے کہ انہیں زندگی اور زندگی کے مظاہر سے کتنی دل چسپی ہے۔ عبد الصمد کا ناول مہاتما منظر عام پر آیا تو اس اعتبار سے ناول اور ناول نگار نے ضرور چونکا دیا ان کی تحریروں میں صرف مواد بلکہ پیش کش کی سطح پر بھی شگفتگی کا احساس ہوتا ہے۔ ناول میں نہ عشق کی پھیلی ہوئی داستان ہے اور نہ ہی تاریخی ناولوں جیسی چمکتی ہوئی تلواریں ہر صفحے سے نمودار ہوتی ہیں بلکہ یہاں آج کی زندگی کے ایسے احول کو بیان کرنے کی کوشش کی گئی ہے جس میں چاہے متوسط طبقہ ہو، اعلی طبقہ ہو یا کسی اور طبقے کے انسانی نسل کی بیداری کی داستان ہو۔ اس عہد کو اس نظام سے گزرنا ہی ہو گا جو اس ناول میں بہت فطری انداز میں پیش کرنے کی کوشش کی گئی ہے۔ یعنی آج کے موجودہ تعلیمی نظام کی گرتی ہوئی صورت حال کے لئے انہوں نے جن کرداروں کو سوالوں کے حصار میں قید کیا ہے ان میں سیاست داں۔ والدین۔ طلباء۔ اساتذہ۔ قابل ذکر ہیں۔ اس میں ایک کردار ہے جو فرسٹ کلاس میں ایم اے کرنے کے بعد پروفیسر پرساد سے اپنے مستقبل کے بارے میں باتیں کرتا ہے دو راستے اس کے پیش نظر ہیں۔ ایک سول سروس میں جانا اور دوسرا کالج کا ٹیچر ہونا۔ شاید راکیش کے ذہن میں کہیں نہ کہیں یہ بات ہی تھی کہ سول سروس میں وہ زیادہ کامیاب ہو سکتا ہے۔ اس لئے پروفیسر کے سامنے وہ اپنی بات یوں رکھتا ہے کہ پروفیسر پرساد کا تعلق جس نسل سے ہے اور راکیش جس نئی پود سے تعلق رکھتا ہے دونوں کی فکری جدوجہد میں بہت تبدیلیاں ہو چکی ہیں۔ ناول نگار جس سسٹم کی بات راکیش کے حوالے سے کرنا چاہتا ہے ناول کا مرکزی خیال بھی وہی ہے۔ ایسے میں جب یہ

حادثہ رونما ہو جاتا ہے کہ لیکچرر کے عہدے کے لئے شعبہ سیاسیات میں سب سے اچھی درخواست ہونے کے باوجود راکیش کو اس عہدے کے لیے نہیں چنا جاتا ہے۔ عبدالصمد نے اسی موقع پر ایک اسی نسل کے آئیڈیل کردار پروفیسر پرساد کو موت سے ہم کنار کیا۔ پروفیسر بھی اس کے لیے صحیح معنوں میں ایک موہوم سی امید تھے۔ جب راکیش کی فیلوشپ بھی ختم ہوئی تو آمدنی کا یہ ذریعہ بھی ختم ہوا۔ اب کردار میں تبدیلیاں واقع ہوتی ہیں ناول نگار نے بہت فطری انداز میں اس کے جدوجہد کو ٹھیک اسی انداز میں بیان کیا ہے جس سے موجودہ عہد کے ایسے اشخاص روز گزرتے ہیں۔ کردار کو پینٹ کرتے وقت عبدالصمد نے اس بات کا خاص خیال رکھا ہے کہ وہ بتدریج فطری طور پر بدلے یہاں کچھ بھی تھوپنے یا خواہ مخواہ کی آئیڈیالوجی کی بات نہیں کی گئی ہے۔ ناول میں وہ مقام بھی آتا ہے جب راکیش کو یہ احساس ہونے لگا کہ وہ اسی سمندر کی مچھلی ہے۔ جہاں سے اسے نکال کر پھینکا گیا تھا۔ ایک طرف پروفیسر پرساد کا آئیڈیل کردار مر چکا تھا تو دوسری طرف ڈاکٹر سنہا جیسے لوگ بھی تھے۔ اگر کوئی ایسا کردار ابھر کر سامنے نہ آئے تو شاید سوچ اور بھی بے ترتیب ہو کر کوئی تخریبی رخ اختیار کرلے۔ راکیش کے ساتھ بھی ایسا ہی ہوا۔ وہ اپنی صلاحیتوں کے باوجود اپنی ڈگری کے بل بوتے پر صحیح مقام حاصل نہیں کر سکا۔ ڈاکٹر سنہا نے راکیش کی صلاحیتوں اور اس کی ناکامیوں کو مقصد دیا۔ جینے کا مقصد۔ لیکن یہاں سے کردار زوال کی منزل کی طرف بڑھنے لگتا ہے جہاں سے اس کا کسی طرح لوٹنا مشکل تھا۔ عبدالصمد نے ناول کے اس موڑ پر آ کر لاشعوری طور پر ایک ایسا اعلان بھی کر دیا ہے جس کا اندازہ قاری کو اس وقت ہوتا ہے جب وہ اپنے شعور کی رو میں بہتے ہوئے اچانک راکیش کے آئیڈیل کردار کو پیچھے چھوڑ کر ایک نئے راکیش کے ساتھ بہت آگے نکل چکا

ہوتا ہے۔ ناول کئی اعتبار سے دعوت فکر دیتا ہے اور بہت بے باک رویئے کے ساتھ قاری کے سامنے آتا ہے۔

کشمیری لال ذاکر کے 70-80 ناول اور افسانوں کے مجموعے شائع ہو چکے ہیں۔ فکشن کا کوئی بھی نقاد اور مورخ ذاکر صاحب کو نظر انداز نہیں کر سکتا۔ وہ ہندوستان اور پاکستان دونوں ملکوں میں مشہور ہیں۔ کشمیری لال ذاکر کا ناول "اگنی پریکشا" ہماری ان بکھرتی ہوئی تہذیبی اقدار کی نشان وہی کرتا ہے جہاں مشترکہ خاندان اب سمٹ کر نیوکلیر کنبوں میں تبدیل ہوتے جا رہے ہیں۔ اور اب ان کنبوں میں خاندان کے بوڑھے افراد کے لیے جنھیں آج کی اصلاح میں ہم سینئر سٹیزن کہتے ہیں، کوئی گنجائش نہیں سوائے اس کے کہ وہ مغربی ممالک کی طرح اولڈ ہوم آباد کریں۔ ہمارے ہندوستان کی سات آٹھ سو سال کی مشترکہ تہذیب کے نمائندہ ہیں ان کا شمار اردو کے ممتاز فکشن رائٹرز میں ہوتا ہے۔ ان کا نیا ناول "اگنی پریکشا" عمر رسیدہ لوگوں کے مسائل پر ہے اس ناول کو پڑھ کر اندازہ ہوتا ہے کہ انھوں نے عمر رسیدہ لوگوں کے مسائل کو بہت اچھی طرح سمجھا اور بڑی خوبی سے اپنے ناول میں پیش کیا ہے۔ ہزاروں سال سے ہندوستان میں مشترکہ خاندان کی روایات ہیں۔ اس طرح کے خاندان میں خوبیاں بہت زیادہ ہیں اور خرابیاں بہت کم۔ ایسے خاندانوں میں بزرگوں کو تنہائی کے کرب سے گزرنا نہیں پڑتا ہے پھر ان کے صلاح و مشورے خاندان کے نوجوانوں اور بچوں کے لیے بہت بڑی نعمت ثابت ہوتے ہیں۔ کچھ عرصے سے ہندوستان میں نیوکلیر فیملی پر زیادہ زور دیا جا رہا ہے۔ جب لڑکوں کی شادی ہو جاتی ہے تو وہ اپنی بیوی کو لے کر الگ گھر میں چلے جاتے ہیں۔ اس طرح کے خاندان میں خوبیاں کم ہیں اور خرابیاں بہت زیادہ۔ جب اولاد ماں باپ کو تنہا

چھوڑ کر الگ گھروں میں چلے جاتے ہیں تو ماں باپ کے ذہنی کرب کا اندازہ لگانا مشکل ہوتا ہے اور بڑی بات یہ ہے کہ نوجوان لڑکے لڑکیوں کے بھٹکنے کے امکانات زیادہ ہو جاتے ہیں۔ کشمیری لال ذاکر صاحب نے ان تمام مسائل کی طرف بڑی خوبی سے توجہ دلائی ہے۔ میں مشترکہ خاندان کے سلسلے میں ایک بات اور کہنا چاہتا ہوں کہ ہندوستان میں مشترکہ خاندان کے ساتھ ساتھ سماج، روایات اور کلچر کی بہت زیادہ اہمیت رہی ہے۔ آج وہ قدریں شکست و ریخت کی زد میں ہیں۔ اس وقت مغربی دنیا کا سب سے بڑا بحران یہ ہے کہ وہاں انسانی رشتے ٹوٹ رہے ہیں۔ نوجوان اپنے والدین کا بالکل خیال نہیں کرتے جب ماں باپ ریٹائر ہو جاتے ہیں انھیں اولڈ ایج ہوم میں بھیج دیتے ہیں اور سال میں ایک دو دفعہ ان سے ملاقات کے لیے آتے ہیں۔ شبر امام نے کئی برس قبل اپنے سماجی اصلاح کے نقطۂ نگاہ سے تاریخی اور اصلاحی ناولوں کا سلسلہ شروع کیا۔ حب الوطنی کسانوں اور مزدوروں کا استحصال، غریبی امیری کی آویزش، راست بازی، اولوالعزمی، بلند اخلاقی اور انسانیت نوازی موصوف کے ناولوں کے موضوعات ہیں، ان کے ناولوں میں مشترکہ کلچر، ہندو مسلم اتحاد اور قومی یک جہتی کی کامیاب، جھلکیاں ملتی ہے۔ مشہور ناول نگار بیمنگ دے کا قول ہے کہ اصل تخلیق کار زندہ اور دیکھے بھالے افراد کو ہی اپنے ناول کے کردار کے طور پر چنتا ہے۔ بیمنگ دے کو خیالی کردار کے وجود سے انحراف ہے۔ شبر امام کے ناولوں کے کردار بھی اکثر ایسے ہی طبقے سے تعلق رکھتے ہیں جو ہمارے شناسا ہیں وہ کہیں سے ایک قصہ شروع کر دیتے ہیں اور اپنی حکمت عملی سے فنکارانہ رنگ میں پرو دیتے ہیں۔ موصوف کا تعلق دیہی ماحول سے ہے اور وہ "فائر ایریا" کے مصنف الیاس احمد گدی کی طرح دہقانوں کی حالت زار کو بیان کرنے کا ہنر جانتے ہیں شبر امام کا ایک ناول

'شاہین' 1994ء میں شائع ہو چکا ہے "جب گاؤں جاگے" ان کا دوسرا شاہکار ناول ہے۔ مجموعی طور پر یہ ناول دیہی زندگی کے پیچ وخم، شکست وفتح، تخریب وتعمیر، تضاد و تصادم، آویزش و آمیزش، انقلابات و حادثات، ظلم و جور، آہ و فغاں، کساد بازاری، دہشت گردی، جاگیر داری، رسم و رواج سے منور و معمور ہے۔ ساتھ ہی ناول میں مصنف نے دیہاتوں کی نئی بیداری، اصلاح اور حقیقی ترقی کے لیے توازن کے ساتھ جستجو کرنے کی بات کہی ہے۔ تاکہ یہ ملک ہر عہد میں ہر محاذ پر ترقی و تعمیر، امن و امان کی تاویل و تشریح کے لیے عالم گیر پیمانے پر خود کو پیش کر سکے اور باعث فخر بن سکے۔ مصنف نے جس عظیم مقصد کے تحت یہ ناول لکھا ہے، اس مقصد میں وہ پوری طرح کامیاب ہیں۔ اس ناول کے ذریعہ انہوں نے تقسیم وطن اور اس کے نتیجے کے طور پر پیدا ہونے والی المناک صورت حال کو قلم بند کر کے اردو فکشن کے خزانے میں قابل تحسین اضافہ کیا ہے۔ بحیثیت مجموعی یہ ایک دلچسپ سیکولر اقدار پر مبنی معاشرتی ناول ہے۔ شموئل احمد بھی کئی ناول کے مصنف ہیں۔ ناول نگاری کی دنیا میں موصوف لوہا منوا چکے ہیں ان کا ناول "مہاماری" کے مطالعہ سے اندازہ ہوتا ہے کہ ریاست بہار میں ہو رہی سیاسی بدعنوانی سیاسی معاشی مفاد پرستی اور دفتری امور کے چولی دامن کا رشتہ، چور بازاروں میں نوکر شاہوں اور سیاسی آقاؤں کی برابر کی شرکت اور گورکھ دھندوں کے احتجاج میں شموئل کا تخلیقی ذہن رقص کناں ہے کہانی کی ترتیب و تنظیم صوبہ بہار کے سیاسی منظر نامے کے پس منظر میں کی گئی ہے۔ اس لیے بیان کردہ تمام واقعات و معاملات کا اطلاق بہ ظاہر تو صوبہ بہار کی سیاسی سرگرمیوں پر ہوتا نظر آتا ہے۔ لیکن جس قسم کی سیاسی داؤ پیچ کی رنگ آمیزی اس ناول کے کینوس پر کی گئی ہے اس سے پورے ملک کا سیاسی نقشہ ابھر کر سامنے آجاتا ہے۔ یہ

تحقیقی طریقہ کار شموئل احمد کے عمومیت پسندانہ ذہنی رجحان کی جانب اشارہ کرتا ہے۔ ناول کے ابتدائی مکالموں سے ناول نگار کے فکری موقف کی وضاحت تو ہوتی ہی ہے ساتھ ہی ساتھ سیاست کے مفاد پرستانہ رویئے اور انحطاط پذیر سماجی قدروں پر بھی روشنی پڑتی ہے۔ زندگی اور سماج کے ہر ان زخموں پر نشتر زنی کرتی ہے جو ناسور بن چکے ہیں۔ منوواد، برہمن واد اور جاتی پرتھا کے حوالے سے بھی جو گفتگو ناول نگار نے کی ہے اس میں بھی فکر و نظر کا یہی رویہ کار فرما نظر آتا ہے۔ یعنی بعض سیاسی اور سماجی تحفظات کے پیش نظر ان کی گمراہ کن تعبیر و تفسیر پیش کرنے کی مذموم کوششیں، ان نام نہاد دانشوروں کی دانشوری پر ایک سوالیہ نشان لگاتی نظر آرہی ہیں۔ "ندی" شموئل احمد کا ناولٹ ہے یہ عورت اور مرد کے درمیان جذباتی، نفسیاتی اور بلاآخر روحانی آویزش کی کہانی ہے یہ کہانی ایک ایسے ماحول کی عکاسی کرتی ہے جس میں ارمان اور بے حسی کے تصادم سے پیدا ہونے والی پریشان و پشیمان صورت حال افسانوی شکل اختیار کرتی ہے۔ کہانی میں ایک لڑکی اور ایک مرد ہے۔ مرد لڑکی کو حاصل کرنا چاہتا ہے وہ ایک بے محابا جست لگا کر لڑکی کو سڑک پر بھاگتی کار کے نیچے آجانے سے بچاتا ہے۔ لڑکی اس والہانہ جست کو مردانگی اور اعلی ظرفی کا ثبوت مان کر اس سے شادی کر لیتی ہے۔ وہ مرد ایک خاص ضابطہ حیات کا غلام نکلتا ہے اس کیلیے اس ضابطے کا حرف بہ حرف پابند رہنا ہی زندگی کا نصب العین ہے۔ اس کے جذبات بھی ایک خاص وقت کے پابند ہیں۔ اس وقت کے گزرتے ہی وہ بے حس ہو کر رہ جاتا ہے، اور وقت پر جاگنا، وقت پر سونا، وقت پر کھانا، حتیٰ کہ وقت پر بوٹ پالش کرنا ہی اس کی زندگی کا مدعا بن جاتا ہے۔ وقت کے خاص حصے میں ہی وہ اپنے اصول کے مطابق لڑکی کی طرف راغب ہوتا ہے اور اسے بھی دیگر اشیا کی طرح بڑے میکانکی انداز

میں برتتا ہے لڑکی کے جذبات اس کے ارمان، اس کی جنسی خواہشات کی بیداری اور اس کی قدرتی مناظر اور جنسی حس کے درمیان ہم رشتگی سے لطف اندوز ہونے کی تمنا ہے لیکن مرد کو اس کی رتی بھر پروا نہیں۔ وہ ایک خاص ترتیب کا نوکر ہے اور اگر لڑکی اس ترتیب میں فٹ بیٹھتی ہے تبھی اس کے ساتھ اس کا سروکار ہے ورنہ نہیں۔ مرد کے جذبات کا پتھریلا پن اور بے حسی لڑکی کے وفور جذبات سے ٹکراتا چلا جاتا ہے اور بلآخر ان کی رفاقت ختم ہو جاتی ہے جسمانی اور جنسی تلذذ کی کمیابی خودکشی کرنے پر مجبور ہو جانے کا المیہ شموئل احمد کا کمال ہے موضوع کے چناؤ میں نہیں بلکہ موضوع کے ساتھ زبان، بیان، اسلوب، تکنیک، احساس، نفسیات اور مردانگی اور نسائیت کی سطح پر انصاف کرنے میں ہے۔ اس ناولٹ کا سب سے بڑا وصف کہانی کا ایک زندہ اور ٹھوس پیکر میں ڈھلتے چلے جانا ہے قصے میں کوئی جھول نہیں ہے اور وہ بالآخر عورت کے روحانی کرب کا استفادہ بن کر قاری کو پریشان کرنے میں کامیاب ہو کر قلم کار کے لیے داد وصول کر کے چھوڑتا ہے۔ یہ ناولٹ قاری کے احساس کے تاروں کو مرتعش کرنے میں کامیاب ہے اور اس کے تجسس کو تازیانہ لگاتا چلا جاتا ہے۔

افسانوی ادب میں مشرف عالم ذوقی اپنی ایک شناخت رکھتے ہیں۔ وہ اپنی تخلیقات کو عام زندگی کی حقیقتوں، نفسیاتی کیفیتوں اور پرانی قدروں سے نئی قدروں کے تصادم کے موقعوں سے سجاتے ہیں۔ ان کے نئے ناول ذبح میں بھی ان کی تحریروں کی یہ خوبیاں اور خصوصیات موجود ہیں۔ ذوقی نے اس چھوٹے سے ناول کو پانچ حصوں میں تقسیم کیا ہے، یہ ہیں دوپہر، شام، کچھ اپنی کچھ فلک کی (تاریخ)، صبح اور گردش ماہ و سال "دوپہر" میں مسلمانوں کی حالت زار کا خاکہ پیش کیا ہے۔ جن کرداروں کا تعارف کرایا گیا ہے۔ وہ حقیقی

زندگی میں بالخصوص قصبات اور ہندو مسلم بستیوں کی زندگی میں چلتے پھرتے دیکھے جا سکتے ہیں۔ ان کرداروں میں جو گفتگو ہوتی ہے اس سے عام مسلمانوں کی فکری اور معاشرتی پسماندگی پر روشنی پڑتی ہے۔ "شام" میں مسلم سماج کی کشمکش اپنی پوری ہیبت کے ساتھ سامنے آتی ہے۔ "کچھ اپنی کچھ فلک کی" میں قائم زمین داروں سے پہلے اور بعد کے حالات کا بیان کیا گیا ہے۔ "صبح" میں مسلم سماج کی حسرتوں کی عکاسی کی گئی ہے اور "گردش ماہ و سال" میں عزم اور ارادے کے استحکام کی جھلک صاف نظر آتی ہے، مگر یہ عزم منفی ہے، اگر کچھ مثبت ہے تو صرف وہ کشمکش ہے جو معاشرے میں پائی جاتی ہے۔ یہی وہ کشمکش ہے جو غلامی، استحصال اور افلاس کی کوکھ سے جنمی ہے اور "ہم تیار نہیں ہیں اس طرح بار بار ذبح ہونے کے لیے۔" کا اعلان کرواتی ہے۔ جیسا کہ اوپر ذکر کیا جا چکا ہے کہ موصوف متعدد ناول تخلیق کر چکے ہیں "پو کے مان کی دنیا" مشرف عالم ذوقی کا تازہ ترین ناول ہے۔ اس ناول پر تسنیم فاطمہ ماہنامہ آج کل شمارہ 4 نومبر 2005ء کے صفحہ 44 پر تبصرہ کرتے ہوئے رقم طراز ہیں پچھلے چند برسوں میں جتنے بھی ناول میرے مطالعہ میں آئے ہیں مشرف عالم ذوقی کا ناول "پو کے مان کی دنیا" ان سب میں انوکھا لگتا ہے۔ جیسی تیزی ذوقی کے مزاج اور فن میں ہے، ویسی ہی ان کی زبان اور بیان میں بھی ہے۔ عام بول چال کی زبان کو انہوں نے بڑے سلیقہ اور ہنر سے استعمال کیا ہے۔ موضوع کے اعتبار سے یہ مکمل ناول ہے۔ مصنف نے آج کی تہذیب پر گہرا طنز کیا ہے۔ آج کے بچے تہذیب سے بے نیاز ہیں ذوقی نے اپنے مزاج کے مطابق ناول میں حقیقت کو بیان کیا ہے۔ اس ناول میں درد بھی ہے اور درد کا احساس بھی۔ انسانی وجود اس دن سے عمل میں آیا ہے جب کہ اس کو بولنا بھی نہیں آتا تھا، اس وقت بھی دو چیزیں اس کے ساتھ

تھیں۔ایک بھوک اور دوسرا ایک دوسرے کو جاننے کا تجسس۔۔۔ اور اپنے جذبات کی ترسیل کی خواہش۔ خواہ زمانے نے کتنی ہی ترقی کیوں نہ کر لی ہو، کتنے ہی انسانی مدارج کیوں نہ بن گئے ہوں، مگر ترسیل جذبات کی خواہش نہیں بدلی۔ اس لیے احساس انسان کے ماحول میں گھٹن محسوس کرتا ہے۔ مصنف نے یہی بات ناول کے ہیرو کے حوالے سے کہی ہے۔ ناول کا مرکزی کردار سنیل کمار رائے جو کہ ایک جج ہے۔ وہ اپنے پیشے کا لبادہ اوڑھ کر جینا نہیں چاہتا۔ گھر کے ہر فرد نے یہ بھلا دیا ہے کہ وہ بھی ہماری طرح ہی ایک انسان ہے۔ وہ بھی ایک عام انسان کی طرح سوچتا ہے۔ اس ناول میں مصنف نے ایک تہذیب کا زوال اور دوسری تہذیب کا عروج بہت خوبصورت انداز میں پرویا ہے۔ اسنیہہ اس ناول کی ایک اہم کردار ہے۔ اسنیہہ ماضی کا دامن چھوڑتی گئی اور نئی روایتوں کو اپناتی گئی، مگر سنیل کمار رائے نے کبھی بھی اپنے ماضی سے نظریں نہیں چرائیں۔ مشرف عالم ذوقی نے زندگی کے ہر پہلو کو دیکھتے ہیں اور محسوس کرتے ہیں کہ غم سارے رشتوں میں گردش کرتا ہے۔ دنیا کی ساری خوشی اور سارے غم سب اسی رشتہ کی وجہ سے ہیں، مگر جب یہ رشتہ اپنے معنی بدلتا ہے ان لمحات کو مصنف نے گہری سوجھ بوجھ کے ساتھ پیش کیا ہے۔

مصنف کی یہ تخلیق ہمارے آج کے معاشرے کے لیے بھی ایک چیلنج کا درجہ رکھتی ہے۔ اس میں زندگی کی حقیقت کو بیان کیا گیا ہے۔ کبھی کبھی بچوں کے بے بنیاد سوالوں کے جواب اور بے مقصد باتوں میں بھی دلچسپی پیدا ہو جاتی ہے۔ ناول میں غضب کا سسپنس ہے۔ سنیل کمار اخلاقیات کے گڑھے میں پھنسے ہوئے ہیں جب کہ نکھل نے وقت کے درمیان کوئی حد فاصل نہیں کھینچی ہے۔ اس لیے وہ ہر لمحے کو جیتا ہے اور نئے

زمانے کی تہذیب کو پوری طرح اپنا چکا ہے، مگر سنیل کمار رائے کے لیے یہ ممکن نہیں کہ وہ اپنی روایتوں کا، تہذیبوں کا خون ہوتے ہوئے دیکھے۔ آج کی مشکل ترین زندگی اور بے باک تہذیب کا منظر اس ناول میں بے لاگ پیش کیا گیا ہے۔ کہانی پہلے صفحہ سے ہی آپ کو اپنی گرفت میں لے لیتی ہے۔ 12 سال کا ایک بچہ جس نے اپنی ہم عمر لڑکی کا بلاتکار کیا ہے۔ فرد سے سماج، معاشرہ، سماجیات اور پھر ننگی سیاست کی گتھیاں ایک کے بعد ایک کھلتی چلی جاتی ہیں۔ دراصل یہ ہماری بدلی ہوئی ایشیائی تہذیب کا دردناک منظر ہے، جہاں مغربی طرز پر چلتے ہوئے ہم اپنی تہذیبی وراثت کو فراموش کر چکے ہیں دیکھنے والی بات یہ ہے کہ اس تمام جنگ کے پس منظر میں ایک چھوٹا سا بچہ ہے دراصل کہانی کا اختتام ناول کا سب سے خوبصورت حصہ ہے۔ ناول کا اس سے خوبصورت اور چونکانے والا اختتام ممکن ہی نہیں تھا اور دلچسپ بات یہ کہ سارا Trial، سارا مقدمہ ایک خواب میں چلتا ہے اور یہ 'ٹرائل' اس وقت کے انتظامیہ کی بے بسی کا مذاق اڑانے کے لیے کافی ہے۔ ایک طرف بھیانک Reality ہے، تو دوسری طرف Fantasy۔ بچہ ایک، بھیانک Reality سے گزر چکا ہے۔ دوسری طرف وہ پوکے مان سے کھیلتا ہے۔ یہ الجھاؤ ذہن کو کئی سوال دیتا ہے۔ ان سوال و جواب کی کشمکش کا انجام بھیانک ہے۔ بکھرتے ہوئے رشتے، ٹوٹتے ہوئے انسان اپنی ہی لاشوں کو کندھوں پر ڈھوتے نظر آتے ہیں۔ ناول کی مجموعی فضا، مطالعہ کے دوران ہمیں ایک ایسی دنیا میں لے جاتی ہے، جو ہمارے رہنے جینے کے باوجود ہماری دیکھی ہوئی نہیں تھی۔

اس طرح اردو کے مشہور و معروف دانشور و ادیب آل احمد سرور آج کل شمارہ 7 فروری 1990ء کے صفحہ 45 پر پیغام آفاقی کے ناول "مکان" پر تبصرہ کرتے ہوئے ان

الفاظ میں رقم طراز ہیں۔

"ناول مکان مجھے کئی وجوہ سے پسند آیا۔ یہ عام ناولوں سے مختلف ہے۔ مصنف نے جو موضوع لیا ہے وہ آج کل کے آشوب کا مظہر ہے، مگر اس کو برتنے میں مصنف نے بلندی اور گہرائی دونوں کو چھو لیا ہے۔ اس ناول میں جو نفسیاتی اور فلسفیانہ گہرائی ہے، وہ اس ناول کو عام ناولوں سے ممتاز کرتی ہے کہانی تو سیدھی سادی ہے، مگر اس کے ارتقا میں نیرا، کمار، اشوک، الوک، انکل، سونیا کے یہاں جو اتار چڑھاؤ آتے ہیں۔، وہی اس ناول کی جان ہیں۔ کہیں کہیں کرداروں کی سوچوں میں تکرار محسوس ہوتی ہے۔ شاید یہ عمل ناگزیر ہو۔ موجودہ زندگی کی پیچیدگی، تضادات، اخلاقی قدروں کا زوال، بڑھتی ہوئی کرپشن اور اس کے اثر سے تمام اعلی قدروں کا زوال۔ یہ باتیں بہت کھل کر سامنے آجاتی ہیں۔ بڑی چیز، ان سب کے باوجود، مصنف کا زندگی کے ثبات اور انسان کی روح پر اعتماد ہے۔ جو پورے ناول کو ایک مجاہدہ (Crusade) بنا دیتا ہے۔ جس میں مکان کو محفوظ رکھنے کی جدوجہد انسانیت کی بقا کی ایک سعی بن جاتی ہے۔ کچھ کرداروں یعنی الوک کا بک جانا اور اشوک کے یہاں آخری تبدیلی۔ ان کے لیے قاری کو پہلے سے تیار نہیں کیا گیا۔ کم سے کم میرا تاثر یہی ہے۔ یہ تبدیلی اچانک ہوئی ہے۔۔ناول نگار کی حیثیت سے تنویر جہاں کا نام محتاج تعارف نہیں۔ انھوں نے انسانی زندگی کی فلاح و بہبودی اور معاشرتی اصلاح پر مبنی کئی ناول لکھے ہیں۔ ساتھ ہی انھوں نے چند مغربی ناول نگار کے ناول انگریزی سے اردو میں ترجمہ بھی کیا ہے۔ "عوام کا نمائندہ" مصنف چھنوا اچے بے تنویر جہاں کا اسی ضمن کا ناول ہے اس ناول میں ہمیں اپنی کہانی نظر آتی ہے۔ اقتدار حاصل کرنے کے لیے سیاسی جوڑ توڑ اور اقتدار حاصل کرنے کے بعد ذاتی مفادات کا حصول۔ ان مقاصد کے راستے

میں آنے والی رکاوٹ کو دور کرنے گھٹیا سے گھٹیا حربے کا استعمال کر کے اپنے آپ کو بہت زیادہ ملوث کر لیا ہے اور اب پیش آنے والے واقعات کو ناول کے مرکزی کردار نے اپنے ملک کی تاریخ بنا دیا ہے یہی اس ناول کی خوبی ہے۔ عام طور پر سیاسی ناول ایک قسم کی دستاویزی فلم بن جاتی ہے اس کے لیے کہا جاتا ہے کہ سیاسی ناول لکھنا بہت مشکل کام ہے لیکن اچے بے اس تنے ہوئے رسے پر سے نہایت آسانی کے ساتھ گزر گیا ہے۔ عوامی لیڈر نانگا کے ساتھ اس کا تعلق نانگا کی ہونے والی دوسری بیوی کے ساتھ اس کا ربط و ضبط اپنے والد کے ساتھ اس کا رویہ اپنی دوست نرس کے ساتھ رات گزارنے کی کوشش اور نانگا کی طرف سے نرس کو اپنانے کی سازش اور پھر نوجوان سیاسی لیڈر میکس کی سیاسی شکست، یہ سب واقعات نہایت خوبی کے ساتھ بیان کئے گئے ہیں۔ اس ناول میں اچے بے اپنے ملک یا کسی افریقی یا ایشیائی ملک کے سیاستدان کے چہرے پر سے ہی نقاب نہیں اٹھاتا بلکہ ان ملکوں کے عام آدمی کی ذہنیت کا بھانڈہ بھی پھوڑتا ہے اگر سیاستدان بے ایمانی، بد دیانتی اور فریب دہی کرتے ہیں تو عام آدمی بھی اپنی سادہ لوحی یا خود غرضی کی بنا پر انہیں امداد و تعاون فراہم کرتا ہے۔ اس سلسلے میں ناول کا مرکزی کردار اوڈیلی کی زبان سے اچے بے کہتا ہے۔ "اگر ہم کہتے ہیں کہ نانگا جیسے انسان جو غربت اور بے قدری سے اٹھ کر اعلیٰ مقام تک پہونچتا ہے، تھوری ترکیب اور کوشش کے بعد اس بات پر آمادہ کیا جا سکتا ہے کہ وہ سب کچھ تج دے تو اسے انسانی سرشت سے لاعلمی ہی کہی جائے گی جو آدمی بارش میں بھیگتا اندر آیا ہے اور اس نے اپنے آپ کو خشک کیا ہے اس شخص کے مقابلے میں جو اندر بیٹھا ہے دوبارہ بارش میں جانے پر راضی نہیں ہو گا۔ اور ہم میں سے کوئی بھی ایک زمانہ سے اندر نہیں بیٹھا کہ وہ کہہ سکے "جہنم میں جائے سب کچھ۔" اس فلسفہ سے

اختلاف کیا جا سکتا ہے لیکن جس مقصد کی طرف اس میں اشارہ کیا گیا ہے۔ اسے (چند شخصیات کو) جھٹلایا بھی نہیں جا سکتا۔ ناول میں فتح آخر کار بد معاشی اور بد دیانتی کی ہوتی ہے اور غیبت پسند اور آدرش وادی میکس سیاست کی قربان گاہ پر اپنی جان نچھاور کرتا ہے لیکن جنگ یہاں ختم نہیں ہوتی جاری رہتی ہے اور آخر میں اور ذبلی کہتا ہے۔ "ایسے نظام حکومت میں ایک انسان اس وقت اچھی موت مرتا ہے جب اس کی زندگی کسی دوسرے شخص کو اتنا متاثر کر دے کہ وہ لالچ کے بغیر اس کے قاتل کے سینے میں گولیاں پیوست کر دے" اچے بے 1930ء میں نائیجیریا کے قبیلے ابیو میں پیدا ہوا۔ نائیجیریا کے عیسائی قبیلے پڑھے لکھے اور خوش حال تھے۔ اس نے نائیجیریا کی یونی ورسٹی میں تعلیم حاصل کی۔ پھر ایک طباعتی ادارے کا ڈائرکٹر بن گیا۔ 1961ء میں سے 1966ء تک ریڈیو کا ڈائرکٹر رہا۔ ناولوں کی شہرت کے بعد امریکہ کی میساچوسٹس یونی ورسٹی میں استاد بن گیا۔ وہاں سے امریکی ریاست کنکٹی کٹ یونیورسٹی میں چلا گیا جہاں وہ 1976ء تک رہا وہاں سے واپس نائیجیریا آیا اور این سو کا یونی ورسٹی میں ادب کا پروفیسر ہو گیا۔ آجکل وہ نائیجیریا اور این سو کا ویونی ورسٹیوں میں پڑھاتا ہے۔ بیس سال تک اس نے کوئی ناول نہیں لکھا تھا۔ 1987ء میں اس کا نیا ناول Anthills of Savanah شائع ہوا ہے۔ دنیا بھر کے نقادوں نے اس ناول کو بہت پسند کیا ہے۔ اب ایک دو باتیں ترجمے کے بارے میں بھی ہو جائیں تنویر جہاں نے اس ناول کا ترجمہ کیا ہے۔ ان کی یہ پہلی کوشش ہے اس اعتبار سے وہ واقعی کامیاب ہیں۔ افریقی ادیبوں کا ترجمہ کرتے ہوئے ایک مشکل ضرور پیش آتی ہے۔ یہ لوگ بگڑی یا بگاڑی ہوئی انگریزی (Pidgin English) لکھتے ہیں خاص طور سے مکالموں میں اس کا بہت استعمال کرتے ہیں اصولی طور پر تو اس کا ترجمہ کیا ہی نہیں جا سکتا

لیکن تنویر جہاں نے اس کا ترجمہ کر دیا ہے۔ بری ہمت ہے ان کی البتہ گیتوں کا وہ ترجمہ نہیں کر سکیں جو افریقی معاشرے کو سمجھنے کے لئے ضروری تھے۔ بہر حال ترجمہ مجموعی طور پر اچھا ہے۔

محمد علیم کے ناول "میرے نالوں کی گمشدہ آواز" میں جو گاوں ہمیں ملتا ہے، وہ جیتا ، جاگتا، کھاتا، پیتا دکھوں سے لبریز اور خوشیوں سے معمولی آشنائی والا گاؤں ہے۔ اس میں دوستی دشمنی کے ساتھ عیاشی، چوری، ڈکیتیاں، اسمگلنگ اور ذرا ذرا سی بات پر جان سے مار دینے کی دھمکیاں ہی نہیں ملتیں بلکہ جان سے مار بھی دیا جاتا ہے اور یہ منظر نامہ محض ناول میں بسنے والے گاؤں کا ہی نہیں آج ہندوستان کے بیشتر قصبوں اور شہروں کے ساتھ گاؤں کا بھی مسئلہ ہے۔ ناول کے گاؤں سے گزرتے ہوئے کبھی راہی معصوم رضا کے "آدھا گاؤں" کی تعزیہ داری اور سوز خوانی کان میں پڑتی ہے کبھی عبدل بسم اللہ کی۔ "جھینی، جھینی، بینی چدریا" کا سایہ ذہن پر منڈلانے لگتا ہے۔ ناول کی خوبی یہ ہے کہ اس میں زندگی کرنے والے افراد کی ایک ایک حرکت، ایک ایک دھڑکن پر ناول نگار کی نظر اور پکڑ ہے۔ ناول نگار نے اپنی بھر پور تخلیقی صلاحیتوں اور زور دار مشاہدہ سے فائدہ اٹھاتے ہوئے ان سب کو جیتے جاگتے سچے آدمیوں میں تبدیل کر دیا ہے، ناول نگار جس گلی سے (خواہ وہ ناول میں استعمال کیا گیا گاؤں ہو یا نیپال کی سرحد) گزرا ہے پڑھنے والے کو ساتھ ساتھ لئے پھرا ہے جس سے قاری خود کو اس ماحول کا حصہ محسوس کرنے لگتا ہے۔ یہی نہیں مختلف کرداروں، جیسے سکھریا کا مفلوج ہونا۔ شبانہ کا اپنی عیاشیوں کے لئے معصوم رخسانہ کا استعمال کرنا جمیل کی خام ذہنی، آمنہ بیگم کی آنکھوں کی دھندلاہٹ شریفن کی فطرت اکرم الدین کی سادگی اور ڈاکٹر نجم الدین کی گروہ بندیاں یہ سب بھوگی

ہوئی سی لگتی ہیں۔ ناول کے بعد کا حصہ زیادہ محنت اور دلچسپی سے لکھا گیا ہے اور اسی حصے میں واقعات بھی اتنی جلدی جلدی اور اس کثرت سے نمودار ہوتے ہیں کہ قاری پوری طرح ناول کی گرفت میں چلا جاتا ہے۔ تحریر کی روانی اور سلاست میں اگر کوئی چیز رکاوٹ بنتی ہے تو وہ علاقائی بولی کا اثر ہے۔

مجموعی اعتبار سے اردو نال کا ارتقائی سفر تشفی بخش کہا جا سکتا ہے کہ اس نے ہمیشہ بدلتے ہوئے زمانے اور حیات انسانی کی تصویر کشی کی سعی کی ہے۔

* * *